U0923319

孤岛酒馆

巩雪——著

天地出版社 | TIANDI PRESS

图书在版编目（CIP）数据

孤岛酒馆 / 巩雪著. — 成都：天地出版社, 2019.10
ISBN 978-7-5455-4997-3

Ⅰ. ①孤… Ⅱ. ①巩… Ⅲ. ①短篇小说—小说集—中国—当代
Ⅳ. ①I247.7

中国版本图书馆CIP数据核字（2019）第113058号

GUDAO JIUGUAN
孤岛酒馆

出品人　杨　政
作　者　巩　雪
特邀策划　陈吉秀
责任编辑　王筠竹
装帧设计　毛　木
版式设计　桑楚森
内文排版　四川最近文化传播有限公司
责任印制　王学锋

出版发行　天地出版社
（成都市槐树街2号　邮政编码：610014）
（北京市方庄芳群园3区3号　邮政编码：100078）
网　址　http://www.tiandiph.com
电子邮箱　tianditg@163.com
经　销　新华文轩出版传媒股份有限公司

印　刷　北京文昌阁彩色印刷有限责任公司
版　次　2019年10月第1版
印　次　2019年10月第1次印刷
开　本　787mm × 1092mm　1/32
印　张　8
字　数　133千
定　价　42.00元
书　号　ISBN 978-7-5455-4997-3

咨询电话：（028）87734639（总编室）
购书热线：（010）67693207（营销中心）

本版图书凡印刷、装订错误，可及时向我社营销中心调换

谨以此书献给我的J.Z

序

刚刚在印度菩提迦耶参加完首届宗喀巴大师国际法会，正在和上师道别之际收到了小雪发来的信息，让我为她即将出版的短篇小说集《孤岛酒馆》作序。

我们认识十四年有余，是无话不谈的朋友。她每写好一个短篇都会先发给我共享。但即使已经有了这样的铺垫和准备，当真正被要求动笔去触碰“孤独”这个命题时，我还是久久不能落笔。

想说的很多，又从何说起呢？此时此刻，我脑海里升起杂念无数，我想妙笔生花，想观点独特，我承认我打心眼里渴望被大众认同。但是垦荒的路太辛苦了，又嫌从众的路太过哗众取宠。

菩提迦耶的街头有遍地的乞丐和朝圣的信徒，金刚塔下无数的信众摩肩接踵，诵经声连绵不绝，天天都有各个教派的法会举行。此时的国内也正是各个公司举办年会的时节，翻看朋友圈热闹不已。快过春节了，虽然大家都感叹没了年味，但仍然盼望着和家人团聚，参加各种各样的party。你瞧，我们群居动物，就是喜欢凑在一起，喜欢热闹。换句话说，我们都害怕落了单，害怕该狂欢的日子却要面对孤独。

但是有些事，不会因为你恐惧就不降临。

九年前，我在印度菩提迦耶皈依上师，彼时的我刚刚大学毕业不久，少年壮志不言愁，是要做个英雄，要吃好大一片天空。九年后，我故地重游，从未婚变成了离异，从家境殷实变成了负债累累。我是一个能力有限的青年导演，自己先经历了一遭狗血的剧情。我从不在人前承认家道中落，承认爱人离开给我造成了心理创伤，但事实是，我被这些事打击得无处遁形。

在很长一段时间里，我都有一个恶习，就是喜欢去朋友家里睡沙发。我买了房子，但几乎从来不住，总是找各种借口去同学和朋友的家里，聊上两句，或者干脆让人别理我。我蹭沙发，无非是在蹭一个家的温度。这几年睡得少了，不是因为不想睡，而是睡不成，毕竟大家都结婚生子，不方便了。

我要快速消解掉自己产生的孤独情绪，开始了长途漂泊，每年留在北京的时间不会过半。漂泊的人多孤独，而孤独的人是可耻的。我也会为自己感到可耻，一个大老爷们儿，孤独这点事还能把自己难住吗？我又想了一个辙，我搬到了小雪家旁边。美其名曰是为了更好地沟通和创作，其实我是想在好朋友身边练习独处的能力。可事实是，我用各种渠道结交了更多的朋友，夜夜笙歌。只要有局，不惜长途跋涉欣然前往，根本不回家。

于是在无数断片儿的日子里，我苟延残喘地与孤独斗争，酒精让我的记忆停留在前一夜的歌舞升平中，而不用忍受一个又一个无法安然入眠的夜晚。直到有一天，我终于发现，比害怕孤独更可悲的是，我无法承认我对于孤独的恐惧。我越想拼命摆脱孤独对我的折磨，便越强烈地感受到那种痛苦。就像是失眠，越想睡偏越睡不着，所有的努力都于事无补。

病入膏肓的我，有了自己的心理咨询师。我被催眠了。在催眠的梦境里，我走在T3航站楼的候机大厅，窗外是不断起落的飞机，我沿着这条路走到了尽头，竟然看到了自己——我正坐在长椅上，闭着眼睛，面无表情，手指微微朝向窗外，不知道这一次又想逃去哪里。

那一刻，我心疼地将自己搂在怀里，泪如雨下。

这成为一个转折点，让我开始接受了孤独这件事。我们从小都一直被教育要做一个勇敢的孩子，却从来没有人说起，我们要勇敢地面对孤独。

人生无常，缘聚缘散。能够上一秒拍桌子下一秒商量晚上吃什么的朋友不多，能够陪伴彼此走过风光路和艰难岁月的人更少，能够一直有共同语言和相同艺术品位的人更是寥寥。抱团取暖当然好，但更多时刻，我们能够很好地拥抱自己，已实属难得。时光让我们有了白发和肚腩，但是她却厚待了我们，让我们始终保持着敏感、浪漫和善良。我接受了孤独，战胜了孤独，并且打算长期跟孤独为伴。高山流水觅知音，知音难觅。期待与自己相遇，不期而愈。

张　岩

2019年1月21日

于印度菩提迦耶

目录
contents

1 ......狗刨式的爱情

54 ......孤岛酒馆

95 ......达尔文主义

124......孤独恋人

147......C大调小姐

183......午夜飞行

207......梦想中的上川岛

后　序......巩雪 240

深秋的丽江，偶尔会飘雨，把古城的石板路洗得发亮。假日结束，游客不再蜂拥而至，古城又安静下来。就像经历了一场盛宴，主人终于送走了宾客，一切归于平静，但是又不那么平静。因为狂欢过后，总是让人心底多了一些落寞。

古城有几百家旅馆，到了这个季节便有一多半客房闲置下来，酒馆倒是热闹。天冷了，城里剩下的自由老板们和来丽江疗伤的散客都愿意去酒吧喝一杯，跟五湖四海的陌生人侃侃而谈前半生里那些神安排的起承转合。那些装×的犯贱的青春，那些钻心刺骨的爱恨情仇，在听众的嘻嘻哈哈中，都变得恍如隔世，云淡风轻。

久住丽江的人们都知道，丽江不但有小倩，丽江还有孤岛。孤岛是一家酒馆，也是这家酒馆老板娘曾经的笔名。

十年前，老板娘结束自己的写作生涯，来到丽江开了这家酒馆，大抵是写腻了小说里的小打小闹，发现生活远比小说风花雪月。文艺青年和一些老炮儿都喜欢这里，因为老板娘从来不在乎生意，如果你愿意开口，她便会听你讲完你的故事，你若想喝酒，她便是知己，千杯亦少。孤岛酒馆虽然听着凉薄，却被灯光笼罩，像霓虹般绚烂温暖，走到哪里都不会黯淡，像极了王家卫的电影。而每一个客人，都是这电影的主角。

狗刨式的爱情

他叫肯尼，是孤岛酒馆的第437位客人。进门时因为头发被雨淋过，自然卷曲到额前，眼睛深邃却憔悴。老板娘倒了半杯伏特加走过去，问他，要聊聊吗？肯尼抿了一口酒，把酒杯握在手中，有些尴尬地笑了。又该从何谈起呢？

肯尼大四的时候迷上了剪辑，自学成才，为了练本领磨技术，他在各路网站上发广告接活儿，给钱就剪，剪不好不要钱。可惜艺术这回事从来没有统一的评判标准，如果说不好就可以省去一笔支出，那么这真的是考验人性最简单的利器。但是肯尼的性子烈，硬是在一片骂声中逆流勇进，终于在迎来第一个回头客的时候，得到了第一笔像样的定金。

赔本赚吆喝熬了近一年，终于见着点回头钱了。肯尼拿这笔钱请客，跟好兄弟麦子喝到饭店打烊。

麦子掏心掏肺地跟肯尼说，我不是吃人家嘴短啊，我是打心眼里觉得你有才。都怪现在的姑娘太势利眼儿，就认钱。钱是什么？钱他妈就是王八蛋！

餐馆老板觉得话茬儿不对，走过来说兄弟你别这么说，你这顿饭要没王八蛋我也不能卖给你。要是不介意的话，老板指了指手机上的时间，不如你早点把王八蛋给我吧，我不嫌。

麦子被老板的话噎得酒劲儿上来了，直往头顶蹿，拍案而起，你几个意思啊？

肯尼赶紧结了账拽走了麦子，免了一场血光之灾。

北京的冬天，赶上北风就能冻死孙子。麦子冻得缩着脖子在路边拦车。肯尼不紧不慢地在一旁点起了一支烟，他特别喜欢在寒冷的冬天猛吸一口点8中南海，比爆珠还来得劲道。

麦子眯起眼睛，色眯眯地说我要是姑娘我死追你，跟定你了。

肯尼也一点不客气，你多亏是个爷们儿，不然就冲你这长相，咱俩最多打一照面的缘分。

你丫说实话，你跟孙小桃隔这么远，就从来没点儿想法？

什么想法？

麦子凑到肯尼的耳边，要不咱俩今晚出去玩玩？

肯尼一拳怼向麦子的肚子，麦子就势演了起来，跟触电一样原地乱颤。

麦子说，肯尼，你出去玩孙小桃不会知道的，就像你知道她此刻跟谁在一起吗？没准儿她正跟俩狐臭的洋爷们儿贴身热舞呢，我是怕你吃亏……

去你大爷的！

肯尼这一拳真抡了下去，麦子求饶，保证以后再也不拿孙小桃开玩笑了。

异地恋。

肯尼跟孙小桃异地恋有四年了。四年下来，情况不但没有改善，反而更加恶化了。原来孙小桃在南方读大学，肯尼坚定地认为距离产生的美感会让他的情感升华，直到孙小桃选择去LA读研究生，肯尼才知道再好的感情在距离面前也是白搭。

她大半夜思念泛滥呢，赶上你这边烈日当空。

环境、情绪，甚至日期都是错位的。

她哭，你不知道她因为什么哭；她发脾气，你不知道她因为哪件事发脾气。她起床的时候你睡了；她要睡了，你这边太阳还没落山呢。你都活在圣诞节了，她还在平安夜。时差把一切都搅和乱了。

尤其是麦子的那句玩笑话，把肯尼的心彻底搅和乱了。

此后的一段日子里，肯尼像孙子一样寄居在麦子的出租房里，忍受着麦子带着妹子在里屋的破木板床上吱嘎吱嘎快活，在烟熏的方便面残骸中汲取灵感，终于攒够了钱去美国一解相思苦。

面签那一天，肯尼站在美国领事馆里，跟第一次牵孙小桃手似的从头皮到十个脚趾一阵阵发麻。“对不起，根据美国法律，你不能入境。”面签官对肯尼前面几个人都重复着这一句话。肯尼一紧张，背好的那些词儿全忘了，几近哀求地对面试官说我要去看我女朋友，我已经一年没有见过她了，我都快忘了她长什么样了。对于没车没房没银行流水的肯尼，或许是他的真诚打动了老美，毕竟情感是无国界的，或许勾起了老美对家乡小芳的想念，老美耸了下肩，将护照留下，递给他一张回执单：“Well, good luck！”肯尼没有听清老外的话，但是能拿到十年签证，就像是拿到了一张十年期限的结婚证。“即使你回不来，我们也只有十三个小时的距离，你想我了，第二天我就可以出现在你面前。是的，我只需要再剪几个片子，再吃几包泡面。有情饮水饱，再干旱，见了你也涝了。”肯尼说完这些情话，就去订廉价机票了。他没有跟孙小桃提起，面签这天是他人生中最没有尊严的一天，因为初次踏上美国领土，他的裤子就湿了。

肯尼在经济舱狭窄的座位里挤了十几个小时，这让他回想起他的大学时代。他跟孙小桃的学校一南一北，只要有钱他就会坐一天一夜的火车去看孙小桃，只是那时窗外是广袤开阔的大地，而这一路都是黑漆漆的太平洋。飞机终于抵达洛杉矶，面对海关的提问，肯尼用蹩脚的英语手足无措地回答着，而更让他手足无措的是，当他跟着人流走出机场，孙小桃却没有出现。肯尼开始担心自己说错了日期或者孙小桃出了什么意外，又或许，穿越大半个地球去见你这一套在成年人的世界已不再通行，不足以感动一个曾经看肥皂剧都飙泪的软妹子。不管是什么情况，眼下，他实在不知道如何叫上一辆出租车到达孙小桃的公寓。他只有拖着一个行李箱，蹲在马路边，眯着眼睛看着美国的天空。加州的阳光果然很好，好到刺眼，老外都戴墨镜原来不是为了装×。

肯尼开始感到眩晕的时候，孙小桃出现了，这个熟悉的身影让他的视线再次聚焦。她一点都没变，黑直的长发齐腰，穿得像奥黛丽·赫本一样大方得体，五官虽然不算惊艳但是十分耐看，身上自带的小龙女气质即使跨越重洋依然神圣不可侵犯。这曾经让高中时代的肯尼五迷三道。虽然那时候不流行“女神”这个词，但是“校花”这个词在男生心目中更有分量。尤其是每天放学，结束了一天的紧张课业，懒散的小情绪在校园中弥漫开来，在夕阳的柔光中，孙小桃的白皮肤像撒上了金粉一样细腻动情，多少男生徘徊在校园中就是为了喂饱罪恶的双眼，留给漫漫长夜无尽遐想。而让肯尼没有遐想到的是，他既没有学生会主席的光环，又不是少女心中血气方刚有脾气的流氓，只是一个有点文艺特长、长相帅气却文弱的少年，却在高考后那个弥漫着雨后泥土芳香和荷尔蒙躁动气息的漫漫长假里得到了孙小桃的芳心。

“抱歉，我来晚了，有点堵车。”孙小桃的声音还是那么灵巧动听，说得肯尼一肚子的怨气烟消云散。

“等你，多晚我都乐意。”

孙小桃微笑着打开了后备厢。

“你知道吗？我看《变形金刚》的女主角打开前引擎盖子的姿势特别撩人，我就想着要是你去演，还有梅根·福克斯什么事啊！哎，你在洛杉矶没被星探挖去好莱坞触电吧？”

“别贫了，上车吧。”

“那我就放心了，没事别瞎出去溜达。这些国际大牌儿明星，没点不良嗜好都不好意思说自己出来混好莱坞。”

任肯尼怎么活跃气氛，孙小桃始终安静地开着车。一年后的重逢，就这样不痛不痒的，没有拥抱，没有眼泪，没有情绪的波动。肯尼拖着疲惫的急需倒时差的身体，像个宿醉的人，想仗着酒劲说点什么，终于被残存的理智拦了下来。一个老爷们儿远渡重洋来看望分别一年的女友，本来是件浪漫的事，说多了矫情，这是肯尼信奉的他这一代人的爱情哲学。

孙小桃带肯尼去了帕萨迪纳的一间公寓："这儿有两个男生合租，其中一个刚好不在，另一个明天也要飞北京，你先凑合一晚上。"

肯尼坏笑着说我明白，我今天也没什么体力。孙小桃装作听不懂的样子，转身去冰箱里拿了一瓶矿泉水递给肯尼："这边水质不好，我们都喝这个。"

肯尼咕咚咕咚下去半瓶，清醒了不少，看见孙小桃抿了一口水的小嘴更加红润，一时按捺不住，把孙小桃紧紧地抱在怀里亲吻着，孙小桃猝不及防地成了肯尼的猎物。这时电话响了，孙小桃伸手去拿手机，却被肯尼抱得更紧，不经意间打落了手机。孙小桃挣扎着推开已经上了弦的肯尼，捡起手机，向肯尼比画了一下："嘘……"

孙小桃转身去了客厅，肯尼迅速冷却下来。嘘？"嘘"这个字用得好，寓意深。一年没见了，有什么人能把他的声音认成炸弹？肯尼追去客厅，合租的男生回来了。孙小桃挂了电话，一本正经地对肯尼说你先倒时差，睡到自然醒联系我，我明天带你去环球影城。

合租的男生是个澳洲籍的中国台湾人，很有礼貌地跟肯尼打了招呼，问肯尼可不可以在他离开的这几天里照顾一下他的狗狗。

肯尼点了下头，想向他询问孙小桃的情况："我说，她最近还好吧？"

台湾男生很热情地回应："很好啊，它刚从纽约搬过来，一切都很适应，lovely girl。"

"她，不会在这边有男朋友了吧？"

台湾男生大笑："怎么会！它只在洛杉矶逗留三个月，打完疫苗就要跟我去夏威夷了。"

孙小桃每天早晨八点去接肯尼，晚上吃完晚饭送他回公寓，五天的行程安排得比旅行社都满，去环球影城、好莱坞、星光大道、迪士尼、比弗利山庄、奥特莱斯……肯尼知道了洛杉矶比北京还要大，地铁并不发达，这里也有学区房，早晚高峰都堵车，开车并线没人会让你。这里虽然没有加州牛肉面，但是华人街到处都是东北人的烤肉馆还有国内的小肥羊……可是他最想知道的，孙小桃却只字不提——她在美国过得好不好，是不是像他想她那样想他。

孙小桃终于忍不住开口："你什么时候回国？"

“你希望我什么时候走？”

“我下周的课很紧。”

肯尼想说我不在乎，我可以陪你去上课，可以在校园里等你下课，然后我们一起吃午饭，下午的时候我去华人超市买好菜，晚上做饭给你吃，你不是最爱吃小炒肉和茄子煲吗？可是肯尼觉得这些台词很矫情，就像剪辑的时候很想剪掉的桥段，你他妈就不能爷们儿点？

然后肯尼就爷们儿了一次：“我明天就走。”

孙小桃的表情终于有了变化，可惜除了一丝惊讶，肯尼在她的脸上还读出了一点如释重负的欣喜。

“那你订好机票了吗？”

“嗯，怕你舍不得我，本来想偷偷走了再告诉你的。”

“哦，几点，我送你。”

“送我就算了，今晚留下来陪我就行了。”

本是开玩笑说的半真半假的话，却让氛围一下子尴尬起来。大学的时候肯尼穿越大半个中国去看孙小桃，俩人挤在学校附近的小宾馆，睡一张单人床，干柴烈火，血气方刚。即使这样，肯尼依然没有碰过孙小桃，孙小桃是小龙女，纯洁如雪，而肯尼觉得自己坐火车倒汽车沾染了一身的风尘味，会脏了她的身子。他能隔着衣服抱着孙小桃就满足了，精神上的愉悦早就超越了身体的需求，别的男人都不会懂。

“你还记得吗？有一次在你们学校门口的烧烤店，你给我点了半打的生蚝，告诉我吃这个大补，之后我抱着你流了一晚上鼻血。

“还有一次，隔壁女生叫得声嘶力竭，你问我她是不是被绑架了，差点打了110。

“走之前你问我，我们会不会像别的情侣那样出国就分手。我说我只知道我永远不会跟你说分手，因为别人一个星期就经历完了峥嵘岁月稠，而我用三年的时间只牵起了你的手。

“你要出国的前一天，我在你家门口的宾馆奢侈地开了一间大床房，798，我还专门办了张会员卡。那天你说未来遥遥无期……”

“肯尼，别说了。”

“我们俩洗完澡，赤裸着身体躺在床上晒太阳，那一刻我特别幸福，我说难得我们可以坦诚相见，惺惺相惜，一个太平洋阻碍不了我们的距离。你说那天，我要是一狠心……”

“肯尼！”

“我要是一狠心，说不要走，你还会走吗？”

肯尼牵起孙小桃的手，冰凉。

“你不让我去机场送你，你说没有分别的仪式，就不算分别。那么你明天送我去机场，算分别了吗？”

“肯尼……We just…just…”

肯尼摆了摆手：“别说了，看来中文都表达不了了，你说洋的我也听不懂，但是我明白了。”

孙小桃很想再安慰他几句，也只是把手抽出来握在他的手上，像是对一只小动物施与怜悯的母爱。

“既然你今晚不能留下，就把车留下来陪我吧。”

“你要车干什么？”

肯尼也不知道他要车干什么，或许是被美国西部电影熏陶过，想边喝酒边兜风狂奔在一号公路上，给自己来个拽霸天的失恋仪式吧。

孙小桃没等他想到答案，已经把钥匙放在了他的手心，开门走了。

肯尼重重地摔在了沙发上，他觉得自己快要窒息了。接下来该怎么办？是不是要买一把枪，然后像《末路狂花》那样，为所欲为地做自己？操，为什么这个时候想到的是两个娘们儿的电影？是不是做娘们儿就可以矫情了？是不是可以撒娇地说出不要走，陪陪我，就一晚，我什么都不干。

这时门开了，台湾男生怒气冲冲地坐在沙发角碎碎念，肯尼悄悄抹掉了眼角流出的娘们儿泪。

“好可恨喔！我真的要被气死了啦！呐，我这次去北京参加一个聚会，好心问LA的北京同学要不要什么大陆货，他告诉我他要两条小熊猫。哇，你知道小熊猫多难买吗！我跑去秀水喔！那里都没有！后来在前门才找到！我千辛万苦带回来，那北京同学说我什么？他说，我去你大爷。”

台湾男生拎着两个小熊猫挂件在肯尼眼前晃悠，肯尼说：“你丫真是个逗×，多亏他要的不是中南海。”

或许不在同一水平线上交流的两个人就会出现这种障碍，谁都理解不了谁。肯尼搂着台湾男生说：“走，咱俩去买醉，你带路，我请客。”

“狗狗怎么办？”

“刚遛完，妥妥的。”

洛杉矶的夜晚非常寂寞，刚刚九点，店铺就开始关门。台湾男生指引着肯尼把车开到了一个海边的小酒馆，老美都聚在一个小电视前看拳击比赛，台湾男生一杯酒下肚就不再清醒，拿起手机不知道在跟谁碎碎念客家话。肯尼被海风吹得很快也醉了，一头栽倒在桌子上，但是心里却清醒，他的伤心就像这个城市最无足轻重的一件事，淹没在嘈杂的语言中。肯尼跟自己说这不行，他从三岁记事起就料定自己命里带金，只是等着一个机会改变人生。既然情场失意那赌场就须得意，这机会要来了，他必须离开酒馆，去干一件轰轰烈烈的大事。

肯尼放着《加州旅馆》在高速路上奔驰，台湾男生倒在后座上不省人事。这么一路开下去，凌晨肯定能赶到拉斯维加斯，用自己剩下的两万多人民币四两拨千斤，造就东方赌神的神话，在美国一举成名。然后娶孙小桃，生七八个孩子，如果孙小桃表现好，他可以不纳小妾。想到这里，他真的笑出了声，声音盖过了音乐，又好像是一个熟悉的大片音乐盖过了他的笑声。

一辆警车出现，瞬间赶超了肯尼的车。

“嘿，原来美国人民这么争强好胜，还跟我飙车。”

肯尼来了劲头，一脚油门跟上去，车身一摇晃，后座的台湾男生醒了，拍着车窗玻璃吐得稀里哗啦。

警察初步判断为绑架，在高速路上画起S形想让肯尼停车，肯尼却炫起了车技，穿梭在长龙阵中。直到警方出动了三辆警车别住肯尼，他才认输停了下来，这时候台湾男生也摇晃清醒了。

“大爷的三对一，不带这么欺负人的。”肯尼解开安全带，推开车门就下去理论。

“别！”台湾男孩没有拦住肯尼，没来得及告诉他，在美国交警看来，他这是典型的掏枪动作。

肯尼大步流星地走向交警，交警们举起枪步步逼近。

“我靠！枪！”怪肯尼从小到大没受过这方面的训练，警车的大灯晃得他失去了方向，一脚踏空跪在了地上。

肯尼被带回了警察局。面对做笔录的警察，肯尼这么多天的情绪终于找到了出口，他不厌其烦竭尽全力地跟警察沟通感情，详细地讲述了这几天的所见所闻。然而即使他觉得自己非常友善，而且幽默得恰到好处，加上散发的一点酒味，足可以征服一个妹子回出租房，但是警察一句都没听懂，也没从他的眼神里读出他只是个有贼心没贼胆的良民。

Speak English.

肯尼终于想到一句English，试探性地说给了美国警察听。

F××k?

警察拍了桌子。

F××k you?

警察拎起了肯尼的脖领子。

哎哟别！f××k…your mother? ……

肯尼被剪掉了鞋带，据说是怕他自杀，又被赤裸上身拍了正面和侧面的照片留念，之后送进了地下一层的关押室，那种只有一个小窗户、一个马桶和一张床的小黑屋，直到天亮。

孙小桃保释他出了局子。

“太他妈刺激了！真的跟电影里一模一样！”酒醒后的肯尼对孙小桃只解释了这一句。

“内湾湾小男生呢？”

“昨晚就放了。”

“真他妈不够意思。哎，我这算酒驾？我在北京都没被拘留过，在美国人民面前现眼了。对了，这玩意儿不联网吧？”

“肯尼，别闹了，回国吧，好吗？”

“闹？”肯尼如鲠在喉，沉默了片刻，说了句，“好。”

肯尼没能拿两万块钱在拉斯维加斯一夜成为富豪，连自己的保释金都不够，还是孙小桃自掏腰包给他买了回国的机票。

“男人，怎么能花女人的钱！……千万别买头等舱啊，我还真坐不习惯。”

孙小桃再没说话，一路把他送到机场。

“我就不停车了，你直接下。”

肯尼知道这个时候再不矫情就没机会了。

“孙小桃……”

“怎么？”

肯尼仔细地看了看孙小桃。她真的一点都没有变，只是她的眼睛里没有了光芒，就像演这场戏没有走心一样。

“没什么，台湾男生那狗，其实昨晚我没遛。”

起飞离地的推背感让肯尼开始作呕。宿醉混局子跟暗恋三年相恋四年的女友分手又即将坐着经济舱熬大夜飞越太平洋，回到祖国怀抱见到兄弟们还不能躲起来疗伤因为他是个要面子的爷们儿，他信仰的爱情哲学都是打落牙齿和血吞。还有，他发现不能过早地给人生下定论，比如之前他觉得在美国领事馆那天是他人生中最没有尊严的一天，而他没有想过，他在美国又度过了最没有尊严的一周。此时他特想知道那个面签官跟他说的那句英文是什么意思。是不是在说，哎，别去，有危险。有危险你他妈还给我签证？！真黑心。

乘务员走过来送餐的时候肯尼还沉浸在自己的小宇宙里，他想当时一定是因为他太落魄，落魄得还不如街边的流浪大黄，所以当他把餐推给乘务员的时候，乘务员不耐烦地又推给了他。

“拿着，十三个小时，不吃等着饿死啊！”

肯尼抬起头望着乘务员姑娘——足有一米七五的身高，油光锃亮地盘了一个发髻在脑后，前额饱满挺括，鼻梁高得像混血儿，一股压迫感随即而来。

“你他妈看哪儿呢？”

这个时候肯尼才意识到他的压迫感原来来自姑娘的大胸脯，即使隔着这么厚的制服，依然充满着诱惑。

肯尼清心寡欲地谈了四年恋爱，分手后却像一只如梦初醒的狮子，面对任何异性都像闻见了血腥味，想要报复性地反扑。

乘务员很有性格，全程十三个小时再也没给肯尼发过餐食和水。肯尼口干舌燥地在座位上伴随着飞机的颠簸受尽凌辱。落地的时候，他的嘴唇干涸得像大病初愈的人。

出了机场，肯尼深深地吸了一口北京的雾霾，还是好这口儿，熟悉，亲切，接地气儿，再吃点地沟油洗洗肠子涮涮胃，不然就快便秘了。去美国就好像是一场梦，那里的阳光老外棕榈树，都不属于他这样一个糙老爷们儿，就像细皮嫩肉乖巧可人的孙小桃本来就不该落到他的手里一样。

兄弟们没有热情地攒局给他接风，因为他不过走了一个星期。这个星期大家依然像土狗一样忙碌着，之所以用“土狗”来形容，是因为他发现原来真的有的狗活得比人光鲜，就像那只要移民去夏威夷的狗。他给麦子说晚上见面，过了半天没有回信儿，显然麦子的热情并不高涨。肯尼又补了一个信息：我请。

晚上麦子准时出现在了三里屯。麦子从小在这边长大，所有的酒吧都装在他心里，虽然还是没钱的学生，但心里却装着拯救未来世界的梦想，不知道天高地厚，只想着跟姑娘细水长流。

麦子选了一家价格中上的酒吧。肯尼说我这钱包没什么承受力，麦子说酒可以少喝，美女不能不看，想喝酒你买一箱奔天台，就着脏串喝扎啤啊！这不是出来消费心情的吗？价格便宜的酒吧，出入的姑娘也不入流。

麦子说得有道理，隔壁桌一眼望去全是美女，麦子说那姿色绝对是会所里1500大包的，说得绘声绘色。肯尼开始想入非非，看着姑娘们此起彼伏的大胸脯，伴随着神经惯性的压迫感，肯尼直接吐了，吐出了一地飞机餐，吐出了心口的压抑和愤懑，吐了一肚子想说的污言秽语，吐出了胸口淤住的一口老血，吐出了这一年对女朋友的想念和淫欲，吐得眼泪鼻涕横飞。终于，吐痛快了。

卧槽你丫真够恶心的，怎么吐这么多？

我这几天便秘。

麦子带着肯尼喝了很多酒，肯尼抱着麦子说兄弟我失恋了。

麦子拍了拍肯尼的后背说我本来不想让你去的，但是你这性格就是不撞南墙不回头，非得到美国撞一下才能舒坦。

我想给她一个惊喜。我以为她看见我会高兴得手舞足蹈。

你那叫惊吓，孙小桃不但面若桃花，命里也自带桃花。有件事兄弟一直瞒着你……我曾经看见过孙小桃跟一个四眼田鸡在一起。

什么时候？！

她在北京考雅思那阵子。

那你为什么不告诉我？

这种事，我说了你脸往哪儿搁，咱俩还能做兄弟吗？不过我也没轻饶那个四眼儿，我一拳挥过去，他血肉模糊，我说你是女神不是女菩萨，他都长成这样了你爱他什么？孙小桃疼得心都快碎了，说你快走吧，让他爸爸知道了不会放过你的！我说如果他爸爸知道他撬别人女朋友还坐视不管，那就是上梁不正下梁歪，就是家门不幸，我必须替他妈妈行道，连他爸爸一块儿教育了！你猜孙小桃说什么？

什么？

她说他爸爸是省长。

肯尼愣了一秒，再次感慨，有钱真好。

是啊，有钱真好，我当时就㞞了，我扶起了四眼田鸡，说不打不相识，咱们这是缘分呢，今日一别可能永生不见了，如若再见，见一次打一次。够兄弟吗？

嗯，只是你现在说了，我脸往哪儿搁？肯尼低着头，我想一个人待会儿。

肯尼觉得没面子，不是因为麦子把这事说了出来，而是他觉得他的感情最终还是没能逃脱这么狗血的剧情。一开始都以为自己的感情不一样，其实没有善终的感情都一样，禁不起人性的拷问。

麦子已经迅速跟那桌美女打成一片。肯尼走过去，环视了一下，坐在了马小玛身边。因为马小玛长得最没有攻击性，甚至算不上美女，她很安静地坐在那里，眉宇间有股坚定的倔强。几轮游戏结束，肯尼喝得有点高，开始跟马小玛搭讪，你们是一个寝室的吗？

这一句话让整场都笑翻了。麦子拎着肯尼出来，你丫是不是傻啊？看不出来人家都工作了吗？装了一晚上小爷，一句话回到学生党。肯尼眼神发直，一声不吭。

我靠，你丫不是又要吐吧？真服了你了！

肯尼在酒吧外面吐完，看见马小玛正站在门口看着他笑。

肯尼走过去说，里面太闷了。

马小玛说你们学校食堂不卫生吧？

肯尼知道自己刨了个坑，但是不怕，姑娘对自己有意思。你出来找我？

不，我等人。

肯尼心想，都是套路。自己失恋了，老天爷就给他派了一个姑娘来慰藉，也算对自己不薄。虽然她不漂亮，但漂亮管蛋用，漂亮的有省长家的傻儿子惦记呢。就要这种乖巧文静的，镇得住，跑不了。当然了，自己不能因为失恋又喝了点酒就乱了分寸，姿态还是要摆出来，要适可而止的关怀，要举止优雅的绅士。晚上起风有点凉，肯尼把外套脱下来搭在了姑娘身上，姑娘说不用。姑娘们就喜欢欲擒故纵，你越靠近她越来劲儿，没事，就怕她不来劲儿呢。肯尼把外套往姑娘身上一裹，一个紧紧的环抱，马小玛明显受了惊。一个一米八三大长腿的男人抱着一个身材娇小面颊绯红的姑娘，在这忽明忽暗的暧昧地带，任谁也是迷了情，韩剧在此时肯定多机位多角度远景近景大特写，音乐也应该持续个五分钟。

你叫什么名字？

马小玛。

其实马小玛并不叫马小玛，她叫马红艳，因为实在受不了父母给她起的这个恶俗名字，也不想让父母太没面儿，就总让别人叫她小马。“那你姓什么啊？”“姓马。”“哦，马小玛。”久而久之，大家就这么叫开了。

不知道什么时候马小玛已经不在座位上了。肯尼扫了一眼，酒吧里没有，我靠，不辞而别。

肯尼和麦子站在路边一边抽烟一边等出租，看见马小玛正在不远处跟一个男人交谈。麦子说你今晚的洞房花烛没戏了，姑娘跟别人跑了。咱们走过最深的路就是姑娘们的套路，一步一个坑，十步一个雷。

这时男人拽着马小玛上车，马小玛不肯。

肯尼把烟头一灭，三步并成两步冲上去，一把拽下马小玛，挡在身后，在马小玛耳边说，有我在，不要怕，然后指着男人鼻子就开骂。男人一拳挥过来，你他妈有病吧！

酒精作用让肯尼陷入空前绝后的撒酒疯状态，被这一拳打得他雄性荷尔蒙飙升，奋不顾身地把男人扑倒在地，压在身体下面暴打。眼看着是一场血战，马小玛在一旁喊着，别打了，这是我男朋友！

肯尼这一拳刚挥到一半就没了动力，扭头看着马小玛。现在女人是不是都绝经了，怎么办事都这么绝啊？有男朋友你跟我眉飞色舞的，有男朋友你大晚上跑酒吧里消遣纯情少男，你合适吗？

男人趁此机会大力反扑，肯尼剪了半年片子，皮肤都窝白了，加上吃泡面没有营养摄入，身体虚得跟公公似的，耐力持久力都不行，直接被男人占了上风，一顿暴打，多亏麦子把酒吧里的人都叫出来帮忙才把男人拉到一边去。而鼻青脸肿的肯尼趴在马路边拽着马小玛的脚踝不放手，不知是不是被打晕了，嘴里一直念叨着“不要走”。

那一夜，马小玛真的没有走，她跟麦子一起把肯尼送回了家，马小玛端茶倒水地伺候着鲜血和呕吐物齐飞的肯尼。那一夜，肯尼梦见孙小桃回来找他，看见他这么狼狈回心转意，告诉他此生最爱仍是他。而肯尼哭着说，孙小桃你知道你有多好吗？世间所有形容词都不足以赞美你，你值得这世间的一切美好。省长的儿子算什么，我当省长来娶你。

肯尼疲惫地醒来，看见麦子正在弹自己的小弟弟，你丫干吗呢？

麦子说我正要问你丫光着身子在我床上哭天抹泪的，干吗呢！

我衣服呢？

马小玛都给洗了。

马小玛是谁？

我擦，你丫真孙子。

这么丢脸的事翻篇了也就彻底忘干净了，因为毕业后肯尼跟麦子成立了一个专门做后期剪辑的公司，麦子负责忽悠肯尼负责剪，忙得跟王八蛋似的。虽然卖艺不卖身，可惜给钱就卖，就算接活接到手软，赚的也都是辛苦血汗钱。作息不规律加上一股急火，肯尼得了神经性皮炎，胳膊肘奇痒难耐，挠的时候爽一时，而后疼痛难忍一整天，就像爱情。肯尼决定了往后的日子可以碰女人，不可以碰爱情，爱情是一种病，慢性的，难治愈。

肯尼的父亲程老爷子希望儿子能回老家找份正经工作找个正经人家姑娘结婚然后过正经日子。肯尼为了让程老爷子相信自己在北京过得滋润且自在，朋友圈不光文艺，也常常突出正经二字。比如在公司的墙上亲笔题字“鹏程万里”，比如跟穿着西装的麦子正襟危坐亲密握手假装签下新一年的战略合同。肯尼刷屏似的发着朋友圈，一是因为想显示自己很忙碌，二是想掩饰自己很寂寞。

有一天，一个微信弹出来，问肯尼地址，说是给他快递。肯尼记不起对方是谁了，就问是什么东西啊？对方说，好东西。

怕什么，一个老爷们儿，白给的还矫情？地址，给。

晚上十点半，肯尼剪一个片子累得四仰八叉倒在沙发上，突然悲从心中起，饿从胆中生，为谁辛苦为谁忙，随即打电话叫了海底捞的外卖犒劳自己。电话刚挂断门铃就响了，海底捞服务态度就是好，分秒必争，不过一分钟都不到，这得是穿越来的吧？

肯尼打开门，看见门外站着一姑娘。找谁？

找你。

你谁？

马小玛。

肯尼在脑海中迅速搜索着，估摸着对方是敌是友，心想找上门的不是讨债就是借钱。

咱们在三里屯见过。

哦，想起来了。你怎么知道我住这儿？

给你送快递啊。

我去！微信上那个人是你？……咱俩什么时候加的微信？

肯尼出于礼貌请马小玛进了门，马小玛说我给你带了点夜宵。

您太客气了。您有事吧？

马小玛犹豫了一下，说我能在你这儿借住一晚上吗？

肯尼心里开始犯嘀咕。这什么路数？不是仙人跳吧？难不成自己在朋友圈炫富炫得有点过？不至于啊，跑到我家仙人跳？再说我也不上钩啊！要么就是真遇到难事了，被房东赶出来了，那为什么要跑到一个大老爷们儿家借宿啊？这么晚了赶走她不合适，但是必须要提高警惕。

我晚上在沙发剪片子，你睡床上吧。

马小玛简单地洗漱了一下。她皮肤白得发亮，把头发扎起来五官更清秀了，肯尼觉得她比那天晚上耐看，有点清新脱俗，与世无争，有芭蕾舞者的气质。

你看我干吗？

我想看看你刷牙了没有，我刚点了海底捞。

马小玛就这样住下了，好像并没有急着找房子。肯尼让麦子帮着回忆一下，三里屯那晚，后来他是不是把马小玛怎么着了，为什么姑娘就这么死心塌地赖上了他？麦子说那一晚你琼瑶附体，拽着马小玛的手说了好多情话，要不然你把人家男朋友打了，恋爱都搅黄了，人家不也没怪你吗？要我说，你泡妞儿有一套，不按套路出牌。

肯尼懂了，他一定是把梦里跟孙小桃说的话说给了马小玛听，现如今马小玛像个田螺姑娘一样帮他操持着家务，也就将错就错吧。

肯尼剪了一个小成本电影的宣传视频，而那个电影成为当年的票房黑马，炙手可热，肯尼也跟着名声大噪，水涨船高，一时间电话约活的人多了起来。很多不熟悉的久不联络的人也纷纷熟络起来，没有任何过渡，就好得像是拜过把子的兄弟姐妹。人怕出名猪怕壮，没想到剪个片子都能带来这种效应，怪不得许多一夜爆红的明星出名后很难把持住自己，只是在山脚下费了点功夫就意外抽中直升山顶的大奖，一切都来得太快太突然，众星捧月肯定得意忘形。只可惜那个时候谁都不会意识到，到了山顶后就只能走下坡路了，所以太陡峭的人生总是充满大起大落。

肯尼好好地为自己规划了一下，首先不再接婚礼和购物的片子，专混影视圈，另外趁着公司的生意风生水起，扩招人手，齐头并进共同走向新生活。签下几单大生意之后，麦子找了个空姐每天吃饭购物嗨，肯尼也买了辆二手车，给马小玛打电话说要接她下班，然后里程碑式地豪撮一顿。马小玛把单位地址发给了他。

可是马小玛没能按时下班。因为临下班前她跑去卫生间化了一点妆，被处长看到座位空着，再一扭头看见她抹着小红嘴唇就进来了，老处女，不是，老处长就不干了，把她叫进办公室训话。

肯尼在楼下等了半个钟头，赶上交警过来贴条。他一脚油门开走了，绕了一圈回来，交警还在这儿呢，连着绕了三圈，肯尼忍不了了，警察叔叔您是在这儿等我呢吗？那我给您两百块钱，您早点下班吧，我只当交了停车费，现在上楼也就踏实了。

肯尼上楼看见处长正在唾沫横飞地训斥马小玛，马小玛背对着肯尼，肯尼看不见她的脸。

你以为你现在描眉画眼的就能找到长期饭票，你当男人都傻啊？你们这些姑娘真的完了，废了，仗着自己年轻就不知道北了。年轻能年轻几年？过了三十怎么办？肤浅！不想着怎么提升自己，是男人都不会爱你。你不要觉得领导批评你就是领导生活不幸福，我每天生活丰富多彩，我从来都不把自己漂亮当成资本，我读完研又攻博，我经济独立，我爱好广泛，我敢对所有男人说不，你有这勇气吗？

肯尼冲进去一把拽住马小玛的手把她挡在身后。

你是她领导是吧？

是。处长见了帅哥，故意表现得平易近人，说话的声音都温柔了起来。

是领导就得有领导的样子，我们家马小玛来这儿上班是为人民服务的，上班时间做错了您该批评批评，下班时间不放人，员工饿着肚子在这儿听您训话合适吗？

肯尼扭头问马小玛，你干什么了？

马小玛正抿着嘴笑，不好意思说是为了见他跑去化妆。但处长可是迫不及待揭穿她，还没下班呢就跑出去化妆，现在的女孩子都是不化妆不敢见人吗？

我问你了吗？肯尼才不管她是处长还是局长，直接呛声回去，化妆怎么了？女为悦己者容，就怕那种长得丑还素面朝天的，谁给你的自信？您刚才的话我都听见了，我觉得吧，您的问题主要是缺少性生活，您是有勇气对所有男人说不，关键男人都不需要勇气就跟你say no了。

马小玛！这是你男朋友是吧？他说的话我记下了，今天发生的事你要做深刻的检讨，不要影响你的未来。

哟哟哟，把您能得！马小玛的未来不劳您费心，今儿我把她领走了，就不会再让她回来受罪了，我接回家，我养着！

肯尼拽着马小玛就往外走，男友力max。马小玛一脸幸福地跟着肯尼上了车，两个人手就一直那么牵着，谁都没说话。

吃法餐的时候，马小玛说，我们处长肯定气坏了，明天肯定要去局长那儿打我小报告。不过我不怕，在她的统治下压抑这么久，今天你替我出气也挺爽的。

当然不用怕，你以后都见不到她了。

我不能真的不去了啊!

为什么不能，我现在公司养了十个人，还多你一个？我刚签了两个电视剧的剪辑合同，还有一个电影和一个网剧在谈，还不算广告啊宣传片啊这种小活儿。等那两个电视剧再火一火，我就要挑活儿接了，不是名导演作品绝不亲自操刀，全挂剪辑指导。有钱之后我先在东四环买套豪宅，私密性好，安全级别高，一小区住的全是各行各业的明星，不是奔驰G以上的车不敢开进车库，雾霾天儿直奔洛杉矶晒太阳，在帕萨迪纳买个带游泳池的house。

你不买架飞机啊?

根据需求，酌情考虑吧。

那我能做什么?

你？你就在家，想干吗干吗，想买啥买啥，看看韩剧，聊聊八卦，等我回家，伺候好我，齐活了。

马小玛这份稳定的工作是多少北京土著求都求不来的，马小玛在大学积极表现刻苦学习通过自己的努力考进去，从不敢想辞职的事。但是肯尼让她辞，即使冒着日后无路可走要回老家的风险，也要辞。马小玛算是肯尼充话费送的女朋友，从天而降，不用驯服便乖巧可人。但是肯尼却是马小玛等了二十五年才出现的真命天子。马小玛的父亲经常家暴，她除了隐忍，就是希望她的母亲可以隐忍，有的时候她母亲忍不了这样的人生，总想着跟她父亲殊死一搏，但是遭到的是变本加厉的殴打。马小玛在极度恐惧中，渴求自己的母亲可以沉默，沉默就不会遭到殴打，她就能喘息一下。她从小便希望有人来救她，但是在那个小城市，没人愿意管闲事，也没人注意到这个面色苍白的姑娘总是红着眼圈。十九岁那一年，她拼命考出来，离开了原生家庭，她希望那个梦想中的英雄男友早日出现，保护她，告诉她凡事有我，不要怕。而肯尼鬼使神差地就在三里屯那一晚，说了这样的话，当肯尼奋力把她挡在身后，她感受到了从未有过的安全感，爱上一个人，本来就是一瞬间的事。所以她才会再次找到肯尼，主动送上门。

晚上，肯尼摸上了马小玛的床，一跃到了马小玛的身上，把嘴凑到了马小玛的嘴边。马小玛的嘴唇真软，像一只小泥鳅，她一定是太紧张了，让喘气的声音显得十分暧昧，肯尼的手顺势从马小玛的大胸脯滑到了她的小蛮腰。

喜欢我吗？肯尼霸道总裁似的把嘴压在马小玛耳边。

嗯。

喜欢我什么？

马小玛突然问，肯尼，你会娶我吗？

肯尼愣了一下，他想理性地给出一个答案，可又怕这个答案是一种承诺，一旦许下，就要交出自己下半生的自由。其实男人并不知道，女人问这句话的时候，只是想表达我有多爱你，爱到想要以身相许，想知道对方是不是也这样爱自己。哪怕日后你未娶我未嫁，但只要你是个愿意娶我的男人，我就念你一辈子。马小玛面对受惊的肯尼，没有再追问，而是突然主动地，猛烈地，不可自拔地给了肯尼一个绵长的吻。

马小玛就真的再也没有上班，也真的伺候起了肯尼，但是并不像肯尼说的那般美好。因为公司养的人多了，每个月都面临着一大笔工资支出，肯尼花钱又大手大脚，各项开支都在上涨，可是合同结款往往有个期限，常常出现到了发工资的日子钱还没到账的情况。虽然公司里也都是一帮热血青年，但是他们的血说凉也快，没多久就开始消极怠工，拖慢节奏，老板在与不在绝对不一样。就这样，公司撑了半年就撑不下去了，而之前谈得好好的电影和网剧也不了了之了。

不靠谱！这圈子里的人都太不靠谱了！肯尼在家里抱怨。

马小玛的锅里炖着菜，一边跑出来晾洗衣机里洗好的衣服。马小玛不会剪辑，不懂生意，她常常不知道怎么劝焦躁的肯尼，只有做好自己的本职工作，伺候好肯尼。肯尼最怕胃痛，每次痛起来大颗大颗汗珠滚落，马小玛整日整夜熬粥，俩人吵架，肯尼只要喊一声胃痛，马小玛便会举白旗。

可是肯尼回家的时间越来越晚，有时候不醉不归，有时候不打招呼就彻夜不回。有天门外传来一阵急促的敲门声，马小玛以为肯尼又喝多了被人送回来，开门发现门外站着一酒鬼，嚷嚷着这是他家，他要回家住，说话间就往屋里冲。马小玛连推带搡把他赶跑了。酒鬼不依不饶，继续砸门，坚称自己是房东。马小玛给房东打电话求帮助，没想到房东说那是她前夫，不用搭理他，他刚刑满释放，释放前她已经提起公诉离婚了。合着这房子还真是那酒鬼的。

谁知道他犯的是什么罪，强奸，轮奸，拐卖妇女？马小玛想到自己刚才竟然还给他开了门，非常后怕，拎起一个酒瓶子时刻准备战斗。过一会儿，她听见有开锁的声音，马小玛没想到酒鬼竟然还有家门钥匙，急得把啤酒瓶砸碎了，想着趁对方进门就一下子戳过去，你死我活，拼了！没想到进门的是肯尼，马小玛一肚子的委屈与恐惧，想奔向肯尼捶打他，没想到用力过猛，自己一屁股滑倒在地，坐了一屁股玻璃碴子，痛得眼泪哗哗流。

肯尼背起马小玛就往楼下跑，一边跑一边念叨，你丫是不是傻啊？砸碎酒瓶子之前不知道把酒先倒出去啊？马小玛在肯尼的怀里，疼痛感包围着她，她非常虚弱地问肯尼，肯尼，我是不是要死了？

别乱说，有我在，不要怕。

马小玛特别幸福地笑了，她说肯尼，你会娶我吗？

马小玛的屁股受了伤，生活不能自理，肯尼没办法，把她带到了公司。那是马小玛第一次去肯尼的公司，显然没人把她当成老板娘，每个人都沉浸在自己的电脑前。这跟马小玛想象中的后期公司一点都不一样，这里真像一个网吧。

肯尼正在因为那个电视剧要求反复修改而焦躁，一边抱怨麦子没有经验，不在合同里写明修改次数，才这样一次又一次地返工。

无意间，马小玛听见肯尼叫一个姑娘宝宝。她在午饭的时间轻声问肯尼，那个姑娘是做什么的？

哪个？

就是给你拷素材那个。

新来的实习生。

那你为什么叫人家宝宝啊？

肯尼一撂筷子，朝办公室外面大声喊，宝宝！宝宝！

姑娘跑进来，哥，什么事？

把你身份证拿来。

姑娘取来身份证，肯尼一把甩在马小玛跟前，瞧见了吗？她姓干，叫宝宝，我天天在公司嚷着干宝宝合适吗？

肯尼的声音特别大，语气特别冲，他把最近的不顺都发泄了出来。公司里的人都围了过来，干宝宝一直在道歉，她越道歉，越显得马小玛像是一个不懂人情世故不知好歹不够大气的农村妇女。

马小玛放下筷子，扭着受伤的屁股，一瘸一拐地走出了肯尼的公司。

就像所有情侣都必须经历的阶段，热恋的美好总是转瞬即逝，接下来便是磨合期的争吵。肯尼的状态特别不好，因为临近过年，如果不能按时交片，年终的工资都要拖欠，并且，到了新一年续租的日子，房租又是一大笔开销。

实在是没有力气再顾及马小玛的感受，肯尼想着，要不然大家静一静，提出让马小玛回老家过年。

马小玛已经准备好了过年的年货，想着跟肯尼一起过第一个春节，并且已经跟家里说好，票难买，留北京。但是肯尼这样说，马小玛没有拒绝。马小玛很倔强，她联系了一个过去的同事，过年时候房子刚好空出来，她过去住几天。

大年三十，马小玛自己在同事的房间里，趴在窗户上看外面的烟火。电视机因为没交有线电视费，连春晚都看不了。她很想念肯尼，想着放下自尊和倔强，去跟肯尼吃饺子，但是她头很晕，身体发烫，她病了，昏昏沉沉地睡到了大年初三才有一点好转。

肯尼忙完所有欠下的活儿，正准备开车回老家，孙小桃给他打来了电话。孙小桃要见面，肯尼不想见。孙小桃说我已经到了北京了，如果不是出了大事我也不会来找你。

肯尼跟孙小桃约了附近唯一还在营业的餐馆，孙小桃哭着对肯尼说那个四眼田鸡多么的不靠谱。孙小桃哭得越惨，肯尼心里越舒坦，心想当初你是怎么瞎的，看来省长也救不了扶不起墙的儿子。

孙小桃一抬眼说，对了你知道吗？他爸被“双规”了。

肯尼听完，觉得自己刚刚还是天真了，是儿子也救不了扶不起墙的父亲。

孙小桃说，肯尼，我发现，我最爱的人还是你。

虽然曾经肯尼在梦里都在等这句话，但孙小桃说完，肯尼却有一种搞破鞋的感觉。他做贼心虚，环视了一下四周，突然想起马小玛回了老家，竟然一条信息都没发来。

孙小桃说她身上没有钱了，要么住在肯尼家，要么跟肯尼一起回老家。肯尼断然拒绝。

要不然我给你在酒店开间房吧。

说完肯尼就后悔了，原来他经常跟孙小桃出去开房，这好像是在暗示什么，何况自己没什么钱了。算了，我让麦子想办法吧。

为了做到滴水不漏，肯尼下意识地给马小玛发了一条信息，问她在哪儿。

马小玛此时正在医院，医生告诉她，她怀孕了。

马小玛想去找肯尼，但是肯尼说，他已经在回老家的路上了。

但其实肯尼正无处可去，过年哪儿哪儿都关门，他不得已把孙小桃领回了家，正等着麦子赶过来把孙小桃接走。好巧不巧，马小玛以为肯尼不在，赶在这个时候回了家。

马小玛看见孙小桃，特别淡定，她说我能跟肯尼单独说几句话吗？

孙小桃扭身进了卧室。

肯尼想解释，马小玛说不必了，我今天过来，就是要跟你当面说句话，咱俩不合适，分手吧。

你这是气话？

不是。早就觉得了，你是大男人不好意思说出口，咱俩就这么耗着，挺累的。

这话说得没毛病，但是肯尼没想过跟马小玛分手。

马小玛突然出现，肯尼以为她回老家发生了什么事情，专门赶回来收拾行李，看来是下了很大决心。所以有的时候男人的脑回路就是这样简单。

马小玛拿了一些简单的行李就走了。

肯尼送到小区门口也没回过神儿来，马小玛，我想我还是要解释一下，孙小桃是我前女友，我们真的一直都没联系。

哦，是她啊。祝福你们在别人那儿绕了一大圈，又回到彼此身边。我问过麦子，那晚那些情话都是你对她说的，我也算，度了你。

肯尼被马小玛说得哑口无言，他甚至想到马小玛是不是跟孙小桃一样找了省长的儿子，怎么突然间说话这么噎人。

马小玛打了一辆出租车，一直到下车的时候，她的手都是抖的，不由自主。明明是想告诉肯尼，我怀了你的孩子，怎么就峰回路转，变成了我早就想好要分手。明明是肯尼领了前女友回家犯错在先，怎么就变成了自己厌倦这段感情。更让马小玛眩晕的，是提款机上的余额，怀着孕回老家是肯定不行的，同事过完初八就要回来了，过完年她还能去哪儿？孩子怎么办？

肯尼拉下自尊给马小玛发了一条信息，只简单说了两个字，胃痛。马小玛没有回。她已经举过白旗了，她已经输得一败涂地了。这是她过得最糟糕的一个春节，比喝酒家暴的父亲还要糟糕，这是她心中英雄的坍塌，梦碎得稀里哗啦。而这条信息竟成了两个人最后一次联系。

年后，肯尼望着员工们的背影，他突然想明白一件事。为什么开公司这么累？因为原来他给自己打工，一人吃饱全家不饿，赚到的都是自己的，没钱穷开心，有钱乐快活。现在他在给所有员工打工，赚的钱都是给他们的，他们不会感恩戴德，不会讲付出谈奉献，只会伸手跟你要钱。虚假繁荣，都是虚假繁荣。肯尼执意要关掉公司，麦子也拦不住。但是请神容易送神难，让这些员工回家人家就拿出了劳动合同法。为此麦子和肯尼拿出账面上所有的钱并且变卖了二手车和几台电脑，东拼西凑解散了大家，但是不知道为什么，麦子的空姐女朋友也跟他一拍两散了，明明当初说好了只爱他的人不看他的钱。

这一忙活起来就是半个月，半个月没有马小玛的音信，肯尼意识到马小玛不是在闹别扭，是真的要跟他分手。他不知道马小玛这半个月过得怎么样，总之自己并不好。

其实马小玛过得比他还难堪。马小玛变卖了所有值钱的首饰，又问母亲借了一万块钱，交了一季度的房租，想着找份工作养活自己，一边产检。没想到医生告诉马小玛已经胎停，建议她药物流产，伤害小一点。马小玛不懂，伤害就是伤害，怎么会小一点。心里都被尖刀捅穿了，哪还会在意是什么刀，伤口漂不漂亮。马小玛整日抑郁成疾，她在想肯尼此时在干什么？是不是在孙小桃身边？

肯尼确实在孙小桃身边，孙小桃为了跟肯尼旧情复燃，不知道哪来的关系把一个男明星介绍给了肯尼。男明星早年家喻户晓，后来因为长相问题戏路狭窄，这几年沦为男二男三甚至客串，为了寻突破要转型自己当导演，于是找投资弄了一个电影，正在找有才有灵气的人做剪辑师。

太适合肯尼了！麦子在一旁帮腔，是金子到哪儿都发光，肯尼，你有手艺在手，怕什么，留得青山在咱就饿不死，去！会会他！

肯尼跟男明星接触了两次，聊得非常投机，对艺术的态度对电影的喜好对市场的判断甚至喜欢的女人的类型，谈了这么多唯独没谈钱。肯尼跟麦子商量，要多少钱合适？麦子说，咱别贪心，够今年的零花就行。但是肯尼心里也犯嘀咕，怎么开口啊？麦子说，今天不是约了你吃饭吗？凭我的经验，谈钱的事就得早开口，越拖越没机会，显得突兀，趁着彼此还不了解，你谈钱还显得很专业。你今天去了就谈，我晚一步过去，人太多不好谈。

肯尼准时赴约了，没想到男明星也是有备而来，一上来就称兄道弟，话里话外地说自己这把岁数了圆了当导演的梦也是大家帮忙，将来电影一炮而红，自当忘不了这些在自己最难的时刻无私奉献的兄弟们，来日一定有福同享！无私奉献，注意，是无私。来日，注意，是来日。肯尼听明白了，就是说要钱没戏，肯尼开了一瓶酒开始喝。肯尼一杯杯喝下去，本来就不胜酒力，再加上内心郁闷，麦子到的时候肯尼已经醉得爬上了桌子，指着男明星鼻子骂骂咧咧，手机掉进了火锅里而浑然不知。男明星非常有素质且注意自己的形象，还跟麦子说我大兄弟喝多了，兄弟性格直爽，我喜欢！麦子不知道前面发生了什么，埋怨肯尼喝酒坏了大事，肯尼烂醉在地上，没出息地尿了裤子。

而此时的马小玛正在医院里，喝下了医生准备好的药。医生说等你肚子开始痛，跟宫缩一样，就把死胎生出来了。马小玛痛得在椅子上颤抖，冒了一身冷汗。医生说你要是生不出来，就要刮宫，为了不遭二茬罪，建议你现在去爬楼梯。马小玛忍着剧痛，在五层楼梯里上上下下。小时候她遭受痛苦，长大离开家便是她的信念；后来她遇到磨难，爱情便是她的信念，有了信念疼痛就会减轻。而如今，她没有了信念，爱情又成了疼痛的根源，肯尼和孩子都弃她而去，这个痛苦就真的是痛苦，好像叠加了从小到大所有的磨难一起压向她，痛得她喘不过气，连视力都模糊了，脑海中只剩下肯尼的声音："有我在，不要怕。"马小玛半跪在楼梯边，不争气地拨通了肯尼的电话，她想跟肯尼说，你在哪儿，我好怕。可是电话并没有接通。马小玛不知道肯尼的电话此时已经和火锅一起沸腾了。马小玛只允许自己脆弱这一次。她曾经问过肯尼很多次你会娶我吗，其实她只是想说，肯尼，我好爱你，我想嫁给你，肯尼不知道，也再也不会知道了。伴随着下体一热，死胎就着血滑了出来，马小玛不争气地哭了。那一刻，马小玛的心也跟着死了。

肯尼确实不知道马小玛来过电话，他只知道马小玛一去不回头，再加上孙小桃缠在他身边，过分地渲染北京的冷酷无情以及家乡的蓬勃发展。肯尼扛了大半年，在即将断了吃喝的时候，终于决定回老家。临走那一天，肯尼叫了一辆出租车，其实也不知道要去哪儿，因为真正想找马小玛的时候，已经不知道该去哪里找，这个城市没有她的家，没有她的亲人，她可有可无，随来随走。其实不只是马小玛，自己也是一样。

肯尼在自己大学的西门下了车，他看见饭店里一群刚入学的孩子，装成大人的样子，推杯换盏，稚嫩的脸偏偏要装老成，好像什么都懂什么都能接受，思想新潮行为前卫，未来就在第二天睡醒的时候摊在眼前。他很想找到那个大学时候的自己，走过去，跟他好好谈一谈。

麦子叫肯尼去饭店给他送行。肯尼吃饱喝足，斩钉截铁地告诉麦子他要在老家混几年，攒够了本儿再重新杀回来，这次怪自己好高骛远才被现实抽了一嘴巴子，吃一堑长一智，以后再不挑三拣四不装×。正说着，空姐小妹进来找麦子，肯尼感慨空姐小妹比马小玛都长情。

麦子说，兄弟，进门就一直听你在说，我约你是有话告诉你，我家那片儿要拆了，建新机场。

我擦，那你住哪儿啊？

麦子说，还没想好，可能东四环吧。

那边房价……你们家多大啊？

你问我家房子还是我家地？

肯尼看见空姐小妹给麦子盛汤递筷子又擦嘴，第三次感慨，有钱真好。

麦子不用再奋斗了，肯尼也回了老家。这可忙坏了肯尼父亲程老爷子，一边找老战友介绍工作一边张罗肯尼和孙小桃的婚礼。

肯尼回家见了好多人，发小同学都活得倍儿滋润，一张嘴就是住着两百来平的房子，又在CBD买了哪个商铺，亲家家里通常也有买卖，一起去过几个东南亚的国家。紧接着就充满怜悯地问你在北京买房了没有？车摇上号了吗？是正式工作吗？五险一金交多少钱？雾霾严重吧？再接下来就是劝你回来吧，回来多好啊，过得跟大爷一样自在，何苦在北京为了吃喝拉撒挣扎。梦想？那你实现了吗？

这里已经没有能交流的人，没有能在一个频率的朋友，你说城门楼子人家说胯骨轴子，在人家的认知领域和价值观里说这话又一点毛病没有。肯尼着急要买单走人，结果这一主动就是啪啪打人家脸，你好容易回来一次能让你掏钱？那架势就是我不但有钱，而且还恨有钱都花不出去。

程老爷子疏通了关系，给肯尼安排进了电视台。程老爷子买了好烟好酒让肯尼去台主任家里探望一下，认认门聊聊天，日后好沟通感情。肯尼说别扯淡了，他们有我这样的人才注入，应该是八抬大轿抬进去。肯尼硬是不去，孙小桃拽着肯尼，说这个应该去，我陪你去。后来肯尼知道程老爷子说得对，台里根本不管你是谁，因为集体无审美集体无意识，你谈艺术还不如谈食堂的馒头来得实在。

肯尼和孙小桃在马尔代夫举行了婚礼，在亲友的见证下，俩人种下了一棵象征爱情的树并且绕着那棵树转了99圈，愿此情此景天长地久。婚后没多久，他就发现孙小桃又桃花朵朵开，出轨的对象就是他台里的主任。肯尼说马尔代夫那棵树是不是他妈的被刮倒了，绕了99圈呢，至今头还有点晕，媳妇就跟别人跑了。不过肯尼得知真相的时候非常镇定，他把孙小桃和主任的微信聊天记录拍了下来，然后告诉孙小桃，咱俩离婚你的过错，我的财产你拿不走，你的财产我不要，就地解散。

肯尼一个人躺在床上，离婚后，似乎有些解脱，心里空落落的，只想念一个人。一直没有找到一个合适的借口或者时机，去打通马小玛的电话，现在却有了破罐破摔的勇气。

喂？是一个男人接了电话。

肯尼只是怕马小玛不接电话，或者骂他，或者冷漠，却没想到会是一个男人。

我找马小玛。

她睡了。

你是哪位？

你是哪位？

我叫肯尼，麻烦你告诉她我给她打过电话。

好的。对了，以后不要这么晚打电话了，她刚刚怀孕，需要休息。

对方挂断了电话，但是肯尼却回不过神来。后来在麦子的辗转打听下，他才知道马小玛回了老家，嫁给了一个公务员，曾经怀过肯尼的孩子。马小玛的朋友对肯尼的评价是，那孙子，真孙子。

那一晚，肯尼胃痛得在床上打滚，大颗大颗的汗珠就着眼泪，打湿了枕头。马小玛，你知道我最怕胃痛了，你怎么真的舍得走。可是肯尼不敢去想象，马小玛又是经历了怎样的疼痛和绝望，才会选择回到那个她曾经奋不顾身想要逃离的老家。

老板娘听完肯尼的故事已近深夜，酒吧里的客人们都到了情绪饱满回忆泛滥的时刻。人们都曾在爱情里犯过浑，都曾在失去一个人之后某一天变清醒，也只有在遗憾过后才会希望对方更好吧。这是狗刨式的爱情，老板娘说，狗天生会游泳，但游泳本领不高，距离太长或者水太深、太急就不行了。所以狗在没有需要的时候，是不会轻易下去游泳的，但是在它们非常热，或者被迫的情况下，会去尝试一下，头露在水面以上，用四肢拼命捣水，前进速度慢且笨拙。我们也是如此，在陌生的城市，在熙熙攘攘的人群中感受到钻心刺骨的寂寞，我们迫切地寻找另一个人一起取暖，我们抱得越来越紧，却呼吸得越来越困难，不会以优美的姿态前行更不会换一口气来维系它的生命，最后不得已一头栽到水里。

肯尼不置可否。

老板娘倒了三杯酒，码在肯尼面前。在她的家乡有个习俗，人生无常，再难不过三杯酒。第一杯酒是跟过去告别，喝完旧事便翻篇，第二杯酒是重新开始，喝完继续向前走，第三杯酒是不再走弯路，今后愿你学会珍惜眼前人。

被老板娘招待过三杯酒的客人，都是有故事的人。

野马先生是孤岛酒馆的民谣大叔，用麦克轻声问，哪里来的朋友？

肯尼想了一下，北京。

野马先生点头一笑，弹起了吉他，客人们跟着野马先生唱了起来：

我们在这儿欢笑

我们在这儿哭泣

我们在这儿活着

也在这儿死去

我们在这儿祈祷

我们在这儿迷惘

我们在这儿寻找

也在这儿失去

北京，北京……

不远处，调酒师虎子调了一杯“蓝色火焰”给客人。这是一种能燃烧的朗姆酒，每次点燃，火光绚烂又转瞬即逝，很像是肯尼和马小玛的爱情。

肯尼的思绪飞回到那一天，马小玛看到孙小桃，收拾了简单的行李要走，肯尼把她送到大门口。马小玛穿得单薄，背影孱弱清瘦，肯尼很想冲过去从后面抱住她，马小玛，你可不可以不要走，我娶你啊马小玛，你可不可以不要走。

如果当时，真的这样抱住了她。可惜生活没有给我们如果。

肯尼起身，喝下了三杯酒。再然后，就是新的故事了。

孤岛酒馆

央姬说她要开一家酒馆，不卖艺不卖笑，只卖烈酒和情怀。央姬刻意强调那是酒馆而不是酒吧，酒吧嘈杂而功利，酒馆温情而含蓄。酒馆的桌子就用南方老宅子里那种坚硬而沉重的木门打磨，经过历史的沧桑和风雨的洗礼，见证过生离死别和百转千回，它承载得起任何一个客人的故事。大门二十四小时敞开着，酒馆里串联的灯泡打出温暖的光，照亮那些在生活中失意的人，那些在命运中流浪的人，那些停留在人生中某一阶段走不下去的人。

央姬来自北方小城，自小聪慧过人。六岁那年，老宅子拆迁，央姬不肯搬走，她对拆迁办面相凶狠的高个子叔叔义正词严地说这里不能拆，将来这里是要成为央姬故居的。高个子叔叔一米八的气势瞬间回落到一米四，震惊这么小的孩子能说出这样有志气的话，对央姬父母说这孩子将来一定是做大事的材料。父母当然对央姬寄予厚望，家里大事小情礼尚往来都要与央姬共同商量，央姬也表现出了与她年龄不相当的成熟冷静，常常语出惊人。

到了豆蔻之年，央姬出落得标致，在人群中十分耀眼，在学校里成了情窦初开的小男生争先追捧的对象，也成了女生们嫉妒和讨论的焦点。央姬从来不屑外人的眼光，既然跟女生相处麻烦，便天天跟男同学厮混在一起，打台球滑旱冰，两个膝盖常常摔得青紫，也从不遮盖，就那样穿着校服裙子在学校里老师们面前晃悠。夏天遇到顽劣的男生拿滋水枪对着她的后背滋水，想让她的内衣显现出来，她追着男生打到男厕所还不依不饶，直到男同学放学后走出教学楼，央姬一盆水从四楼泼下来，受了惊吓的男同学浑身湿透，央姬才肯罢休。

在那个年代，学校里怎么会允许有央姬这样胡作非为不懂礼数的女生存在，尤其是她在学校那么瞩目，引得一些新潮的女学生相继效仿，虽然有点东施效颦的意思，但她已经成为坏女孩的风向标。教导主任早视她为眼中钉，但那又是一个成绩大过一切的年代，央姬成绩优秀，校长谨慎小心，如果当众处分，就怕带来更加不好的影响，适得其反，得不偿失。直到一天，外校的小混混受香港电影的影响，想要成为这一街区的“扛把子”，集结了一票坏学生围堵在学校门口，要领略一下这个片区校花央姬的风姿。他们被教导主任逮了个正着，上纲上线说央姬受早恋思想的荼毒，跟社会人士勾勾搭搭，随即开展“整风运动”，拿央姬当靶子，让她写检讨。央姬哪里肯从？老师找家长，家长找老师，几个来回，央姬照例我行我素，教导主任气得拍了桌子，央姬我告诉你，我就不信这世上没人收拾得了你！你以为现在男生都围着你转就了不起，上天是公平的，你迟早是要吃苦头的。央姬心高气傲，直到高三那一年，在熬夜学习又没有空调的日子里，她心想，这应该就是教导主任说的吃苦头了吧。

央姬在计划内如愿考进了北京一所名牌大学。她从小就向往着来北京，自己也说不清为什么。对于生活在北方城市的孩子，好像考进北京就是有出息的硬性指标。央姬当然不屑于这么世俗的说辞，如果一定要找一个理由，那便是在网络不发达的高中时代，郭敬明的《梦里花落知多少》连载在《萌芽》杂志上，让敏锐的文艺青年嗅到了上海和北京的大都市味道，纸醉金迷的颓废和贫嘴骂街都显得非常fashion。央姬自然把自己当成主角，北京等着她，未来也等着她。

但是眼下，央姬随大流地参加大学的同乡会和社团活动，对无聊的大学生活失望透顶。好在同乡会上她认识了同一个学院的姑娘斯斯，原来住在同一个公寓同一个楼层，而且两个人有好多交集，例如央姬初中的同桌是斯斯高中的同桌，斯斯高中的男朋友是央姬初中的班长。斯斯早就从同桌和男友口中听过央姬的大名，所以当她见到央姬的时候，脑海中马上浮现出那些道听途说的事迹，好像只有眼前这样一个女生配得起那些别人想做而不敢做，想狂而没资本狂的事。斯斯兴奋地走过去问她的名字，被验证后一个拥抱上去，好像久别重逢。这样聪慧可爱的朋友，央姬非常珍惜，从此俩人形影不离。

斯斯有着很强的社交能力，只要她去过的地方，都能交到朋友，并且迅速笼络为自己的社会关系。她带着央姬去给模特送新一季的大牌服装，顺便看T台演出；带着央姬去爬香山，专门有人到学校车接车送；她给央姬拍照片传到网上，被网站买去当了页面宣传照。斯斯打开了央姬的一扇窗，原来北京这么光怪陆离，而自己曾经的张扬那样不值一提。而更让央姬触目惊心的，是每一个考来北京的同学，都有一个霸占北京未来的野心。可是北京如何容得下这么多主角，总要有人做出牺牲斩断梦想甘当绿叶。

当学生的日子总是过得很快，一晃悠到大三，大家在为考研和找工作做准备。央姬并不想考研，在她看来，考研都是找不到工作的人被迫拉长了自己的学习周期。她不想再浪费时间了，想马上投身到社会主义建设当中去，但是她投的简历全部石沉大海。

一个周末，斯斯把熟睡的央姬拍醒，神秘地说，自己要参加一个摄影大赛。斯斯总是有自己的规划和门路，加上家人的支持，添置了不少摄影装备。

之前用拍你的照片铺路，这回换一个男模特拍。

人还没红就玩潜规则啊。

我表哥的同学，看照片还挺有型的，借来用一下。

那你在我面前扭捏什么呢?

第一次见面还是有点尴尬，你起床，跟我一起去。

不去。

西餐吃不吃?

斯斯说的西餐就是学校里一个外包的餐厅，虽然有意大利面和pizza，但都是简配版，好在味道很受欢迎且性价比极高，也是同学们改善生活的好去处。

央姬套了一条裤子就跟斯斯出门了，急赤白脸地吃了一顿。男模少言寡语，席间一直绅士地给两个姑娘的杯子里加水。饭后，斯斯要跟男模去拍照，男模说，只有我们两个人吗？为了显示专业，斯斯说这是我的灯光师，她也过去。

别扯淡了我得回去追剧呢。

帮你签到一个星期。

好嘞。

央姬回楼上洗漱戴隐形，换了身衣服带着反光板就又下了楼。在宿舍楼门口，央姬看到一个男生，或者说是当时她的眼睛自动略过了所有人，只看得到这个男生。他好像是在等人，看到央姬微微一笑。央姬在此之前从来不信一见钟情，原来真的可以一眼，就只剩下心跳声，而且是心律不齐那种。这张脸明明第一次看见，却顿生亲切感，在人来人往的宿舍楼前，他们俩就像一对磁铁，旁若无人地相互吸引着，直到男生打破了沉默。

你好，我叫林鸥。

我们认识吗？

我们，不是刚刚在一起吃过饭吗？

这句话让央姬五雷轰顶。生活就是这样，当你精心打扮盛装出门的时候连个熟人都遇不到，但是当你遇见暗恋对象或者情敌时恨不得裤子上的拉链都忘记拉。所以说，自己破衣烂衫没梳头没洗脸地跟着眼前这个男生共度了一上午的时间。她迅速地回忆刚才自己有没有说错话，没有。只是怒吃了两碗饭，不该。

斯斯拎着饮料走过来，你们俩杵在门口当门神呢？

斯斯选好了学校里一个僻静地方，盛夏过后，一墙的枝枝蔓蔓生命力依然顽强。央姬举着反光板帮斯斯打光，斯斯一直喊亲爱的你能不能离他近一点，没光啊！央姬离林鸥越来越近，她闻到了他身上淡淡的烟味，央姬仔细地观察林鸥脸上光线的强弱，一不小心跟林鸥炽烈而深邃的目光对视，迅速躲避开去。央姬从小心高气傲，见惯了家里条件好、自身条件好的男生，身边也有过几茬护花使者，但是她今天的表现像一个情窦初开的小姑娘，逊毙了。

亲爱的，你帮他系一条方巾在脖子上。

央姬把方巾搭在他的脖子上，双手还没从脖子上滑落，被林鸥一把搂住了小蛮腰。

漂亮！斯斯抓拍下了这一瞬间。

林鸥看着央姬，央姬面无表情，但是她的内心已经翻江倒海。她迅速让自己冷静，脑海中浮现出高山流水，原始森林，静谧大海，她强迫自己转移注意力，要是脸红了就没脸见人了。林鸥的手从她的身上迅速移开，央姬下意识看了眼手机上的时间。

还有多久结束？林鸥说，我还要赶回学校。

斯斯说，先这样吧，帅哥，晚上给你传照片。

那我先走了，再见。

林鸥走得干净利落，没有要央姬的电话，甚至没有任何暗示。

看着林鸥的背影，央姬第一次有了失重感，就像欢乐谷里的垂直下落。原来喜欢一个人，是件刺激的事情。

回到寝室，斯斯一边看照片一边问央姬，帅吗？

央姬用勺子挖着半个西瓜，你拍得好。

斯斯的QQ弹动，我去，他这么快就到学校了。

斯斯一边修照片一边跟林鸥有一搭无一搭地聊天。

他问你QQ号，给他吗？

要我QQ号干吗？这人怎么那么不正经啊！刚才摸我腰的时候就是对他太客气了，导致他现在贼心不死，妄想跟我进一步取得联系。

戏有点过。

斯斯发过去QQ号的同时，扭身对央姬说，他八成要追你，中午你上楼的时候，他夸你有气质。

骂人呢吧？“有气质”不是长相一无是处的姑娘的安慰剂吗？这人真会聊天。

央姬捧着西瓜扭身回了自己寝室，QQ上弹动着好友提示。

央姬放心了，他也喜欢自己。

一连几天，林鸥晚上都会在线，他们在QQ上谈天说地，央姬没想到真的有人可以跟自己这么默契，她想的不用说出来他便都懂得。央姬每天都在幸福感中醒来，她觉得自己恋爱了。

林鸥始终没有要她的电话，而且一个星期后，只是偶尔在线，说不了几句话就下线了。央姬有无数种猜测，翻看聊天记录生怕自己哪句有闪失，去研究了星座算了塔罗，偶然听斯斯说她跟林鸥在一个叫校内的网站上有过互动。

央姬注册了校内，在林鸥的页面上留下了脚印擦都擦不掉。央姬突然觉得林鸥或许就是想看她着急的样子，这个想法激怒了她，她讨厌这种忽冷忽热若即若离，尤其是自己变得跟神经病似的，一点都不好玩。她删了林鸥的号码。

几天后，央姬在去面试回来的地铁上被别人编织袋里的玻璃片划伤，小腿肚涌出鲜血，一直流到鞋子里。央姬打小晕血，看到这么多血直接没电了，倒在椅子上恶心想吐，正要找斯斯求救。这时一个陌生电话打进来，是林鸥。

能听出来我是谁吗?

喂，我要死了。

林鸥命令央姬在下一站马上下车，他打车赶过来找她。

林鸥赶到的时候，央姬半条腿的血都凝固了，泪痕也干涸在脸上。央姬不明白为什么见到林鸥的时候自己总是这么狼狈不堪。

来不及送你回去了，你坐我这辆出租车，我让斯斯在楼门口接你。

你是来给我送出租车的啊？

我们查房很严。到了给我来个信息。

央姬到了学校，斯斯大呼小叫，这么好看一双鞋就血染的风采了，谁干的啊？

一大爷。

谁大爷？

他大爷。我的电话是你给林鸥的？

是啊。你俩什么情况？

他可能想学雷锋做好事，我明天给他写封表扬信做面锦旗。

央姬没给林鸥发信息，早早就睡了。第二天早晨，手机上一条信息一个来电都没有，可见林鸥不过说了句客套话。难道自己会错了意？算了，不想他。

我想见你，今晚你来学校找我吧，北门。

没有前言后语，林鸥发来了这样一条信息。

在没有微信的年代，一毛钱一条的短信显得弥足珍贵，常常是删删减减，编辑到上限字数才会发送给对方。像林鸥这样类似通知、留言，且含糊不清的短信实在少见。

你说什么呢？几点？人呢？

信息不回，电话关机。央姬真的被林鸥治得服服帖帖，这人是不是神经病啊？你想出现就出现，你想消失就消失，对人好的时候含情脉脉，对人冷的时候让人不寒而栗，关键是你想见我，不是该你来找我吗？就算是你大男子主义，是不是把时间说清楚，我折腾两个小时路程过去，北门没你，我怎么办？风中凌乱啊？在门外杵着啊？再说了，你哪怕约个室内是不是还能坐着优雅一点，北门，算什么？要是狂风大作雨一直下，等还是不等？再说了你手机关机又几个意思，恶作剧啊？

斯斯说你别抱怨了，你在哪儿呢？

央姬一时语塞，因为她正在去北门的路上。她给自己的理由是，她要亲自过去教训他，如果他不在北门，哪怕是把学校翻个底朝天，也不让他好过了。

下车的时候，果然狂风大作，下起瓢泼大雨。央姬恨得后槽牙都快咬碎了。更让她气愤的是，她在西门下的车，要走到北门去。

央姬在雨中奔跑，她几次看到小超市和食堂，都想算了，避避雨，但是不到北门不死心。在室内避雨的同学们都跟观赏猴一样地看着她。

远远地看向北门，一个人都没有，央姬的火气刚蹿上来，北门边的小超市里跑出来一个高个子，是林鸥。央姬觉得又可气又可笑，走到近处，看见林鸥也全身湿透，手里捧着一杯热奶茶。

林鸥看见央姬，一把抱在怀里。

那一刻，央姬感觉自己被坚实的臂膀紧紧包裹，尽管雨水打在身上，但是她的身体已经隔绝了湿冷，她能听到他的心跳声，快速而强劲有力。

不知道过了多久，两个人都不愿意松开。这样一个不靠谱的约定，但是我知道你在，你不负我，我便不会负你。这样的人，或许一生都不会再遇到。但是央姬转念想到，三次了，自己一次比一次狼狈，气得推开林鸥，你是不是疯了？

林鸥为了赔罪，带央姬去吃他最喜欢的湘菜。

我给你发信息，发一半，手机被外教没收了。

你们外教管得真多。

我想借手机给你补发信息，却记不住你的手机号。所以我只能等。

那我要是不来呢？

不来，你肯定是以为我开玩笑。但是你来了，我不在不行。

所以你就一直等啊？你准备等到什么时候啊？

等到寝室查房吧，还好你来了。

你是不是一直躲在小超市里，看见我来了才出来的啊？

没有！我想突然下这么大雨，万一你来了淋感冒了不合适，所以隔一会儿就进去买一杯热的奶茶。凉了的我就自己喝了，但是喝多了又不敢去卫生间，怕离开一会儿错过了你。

好了，你想见我，是为什么？

林鸥夹了很多菜给央姬。

还有一个月，我就出国了。

央姬没有说话，林鸥也没再说话。

好了别夹了，我最不爱吃茄子。停下，我也不爱吃鱼。

饭后雨停了，夏末的夜晚被雨水洗礼过，在路灯下格外透亮。央姬最喜欢下雨天，因为每一个雨天里的记忆都很深刻。

人就是这样，那些抹不掉的记忆都在特殊天气里，要么雨下得特别大，要么天特别冷，要么太阳格外耀眼，好像这样的日子总要发生一些事情。

你哪天走？

具体日期没定下来，大概一个月的样子，随时吧。

你走我去送你。

林鸥笑了，你淋雨了，要不要找个地方洗个热水澡？

这么简单粗暴的明示，央姬觉得自己一定是被林鸥的正直脸蒙蔽了。他是不是看了天气预报才安排了今天的见面，为了让她淋雨才故意导了这么一出戏？

你别想多了。我真的只是怕你感冒。

你这样说特别像坏叔叔。

好吧，我有我的私心，今晚我不用回宿舍。我想多跟你待一会儿。

这对一个内心狂野奔放的良家小姑娘来说，是非常艰难的抉择。你中意的男生表示晚上要跟你一起，你答应吧显得太不矜持了，你不答应吧就太不解风情了。而且他就要走了，你太认真就等于给自己挖了一坑。如果只是玩玩，我凭什么陪你玩玩，我的青春这么宝贵，我为什么要玩玩？那些说要玩玩的人，哪个不是为了掩饰自己的认真？

内心正在激烈挣扎的央姬打了个喷嚏，身体已经帮她做好了决定。

林鸥在附近开了一间房，老板是个中年男子，斯文谦和。登记了两个人的身份信息后，专门嘱咐洗澡水温不稳，要多放一些水才行。老板的话让央姬很难为情，她一直在想，一会儿要怎么面对林鸥的热情。但是她洗完澡，林鸥并没有扑过来，而是温柔地帮她吹好头发，问她要不要出去酒吧喝一杯。

壮胆吗？

林鸥大笑。跟我在一起还需要勇气吗？

林鸥带着央姬去了一家酒吧，酒吧没有名字，只是在门口挂了一个白底黑字的时钟。里面有一面墙是酒瓶堆砌而成，灯光打在上面，折返出黯淡的光，墙上有老电影海报，还有一些过时的招贴画。黑胶唱片机里放着钢琴曲。原木桌每一桌的大小都不相同，配的椅子也都独一无二，高低错落，看似杂乱，却能在光影的层次中读出老板的私人品味。尔后十年，央姬在标榜小资情调的漫咖啡里看到了这个酒吧的影子，只是复制品总有些刻板和商业，少了些人情和浪漫。

除了他们，还有一桌客人，静静地喝着杯中酒，一个人开口，另一个只是聆听，偶尔对视，眼中饱含温情和不舍，更多时间是在沉默。

央姬说你看那桌的男女，应该是要分手了吧。

林鸥给央姬点了一杯鸡尾酒。林鸥说我很羡慕这些旧物能够穿透时间，只是落一些灰尘，如果人心能这样永恒就好了。

人心追逐的是刺激，是澎湃。没有悲伤过就感受不到真正的喜悦，没有患得患失就不会懂得珍惜。

那你追求的是什么？

从前是自由，往后是梦想。

你有什么梦想？

央姬的梦想很远大。有一次央姬跟斯斯去很远的地方报名学英语，公交车经过国贸的时候，因为高峰而限流，被堵在十字路口。央姬看见车外那栋写字楼里进进出出的白领，带着不可一世的骄傲，行色匆匆，好像时间永远不够用。她抬头望向那栋写字楼，大概十几层的样子，有一个女人的身影，穿着一身利落的白色套装，一手端着咖啡一手去拉落地窗边的百叶。她幻想着那个女人美妙的人生，应该是开着敞篷小跑穿梭在高档写字楼和高级公寓间，踩着红底高跟鞋，与优秀的人士共舞，每晚喝着波尔多红酒入眠，再被蓝山咖啡叫醒。

那天车坏在那个路口，她跟斯斯下了车，天特别冷，她们在寒风中等了半个小时，冻透了，斯斯先投降说咱们打车走吧。但是在她们看来这么奢侈的举动却没有车来成全，她们冻得顺着路往前走，走向有光的地方，哪怕随便一家商场或是饭店，能暂时收留她们的地方，只要不再暴露于冬天凛冽的寒风中。

央姬看见身边车辆穿梭，没有一辆车属于她们，华灯初上，没有一扇窗户属于她们，这个城市纸醉金迷，没有一点温暖属于她们，她只有跟斯斯紧紧靠在一起相互取暖，她跟自己说斯斯是自己一辈子的朋友。无处安身立命，无处安放青春。这就是北京给她的感觉，太多不确定的因素，她的斗志快被吞噬掉，她想要快速成长，想要抗争这种危机感。她想被这个城市认同，或者不再被叫作“流动人口”，而是这里的踏实的一员。但是她找不到切入点，她拼了蛮劲去撞，也撞不开混凝土垒起来的城墙。

央姬没有说这么多，只是告诉林鸥，她想做一个优秀的人。

你会很优秀的，你的眼神与众不同，有一种特别的气质。

你经常来这里吗?

嗯。这里平时也没什么人，老板好像并不急着赚钱，懒得连名字都没有取。

不是叫时间吗?门口挂着一个钟。

这个名字好。看来你跟老板惺惺相惜。

央姬喝完那杯鸡尾酒，彻底来了困意。

林鸥带着央姬离开酒吧。

央姬记得她走的时候，那桌只剩下一个男人孤独的背影。她看不到他的脸，却能感受到他的悲伤，穿透厚厚的墙，穿透冰冷的夜，在太阳升起前恣意蔓延，终于在阳光里灰飞烟灭。

央姬在林鸥的怀里很快就睡着了。醒来时，林鸥还没有醒。她仔细观察他被雕刻出棱角的脸庞，脖子上戴着一块玉，是温润的和田玉。她愿意相信一切神秘的力量，因为她确确实实在那一刻，被牵引得灵魂出窍。她一定是在前世跟这个男人有过纠葛，这一世才这么早就被安排和他照面。虽然她记不起任何事，但是她能记得他。

那一天，林鸥帮央姬叫了一辆出租车，递给司机一百块钱，请司机把女朋友安全送到学校。之后的每一次约会，林鸥都会这样做。那个年代打车到央姬的学校大概需要七十块钱，林鸥知道塞给央姬她不会要，但是他又不想央姬坐地铁受苦。林鸥是个周全的人，他总是力争让每件事完美。

林鸥的出国计划一再推迟，推迟到了冬天。对于央姬来说，每过一天都像是赚来的。

斯斯常常吃林鸥的醋，因为央姬总跑去见他，让她一人落了单。原来一周一见的男朋友，她也隔三岔五地去理工大学探班。结果男朋友没有经受住考验，脚踏两只船终于扯着了蛋。斯斯哭着跑回央姬的寝室，一头栽倒在床上哭得枕头都能拧出水来。

我上个周末还跟他一起去西单买牛仔裤，799块钱一条的李维斯，本来想着配情侣，结果他在两条牛仔裤间犹豫不决，我说算了我那条不要了，你这两条都买了吧。

斯斯男朋友家里穷得叮当响，别说李维斯，就是真维斯都没钱买，斯斯拿自己买硬盘的钱结了账。

结果今天丫就穿着那条牛仔裤跟那女的亲热，我真想扒了他的裤子！一想他的内裤也是我买的！我就算是当众扒光了他，他也不是我的了……

斯斯哭得死去活来，央姬看着她那小样十分心疼。

央姬我该怎么办？我不知道自己是不是怀孕了，已经一个星期没来了。

他知道吗？

他说肯定不是他的。

耍混蛋是吧。走，我带你算账去。

央姬出门前带了一把雨伞。到了理工大学，央姬用IC卡打电话给斯斯男朋友骗他下楼。电话还没接通呢，斯斯说我舍不得，毕竟他也是孩子的父亲，有个三长两短学校处分没法收场。主要还是那个小妖精妖言惑众，蛊惑人心，今天下午还当众侮辱我，说得好像我才是三儿。

央姬把雨伞放到斯斯手里，自己开始盘头。

你这是干什么？

女人间打架不按套路，主要是抠扯拽，容易伤及无辜，你就别跟着上去了，在这儿等我。

央姬拎着雨伞上去了。

过了半个小时，央姬下来了，一脸疲惫。

斯斯迎上去，你没受伤吧？

没有。这事了了，咱们回家吧。

斯斯靠在央姬的肩膀上说，咱们将来一起买个小房子，刷蓝色的墙漆，不要床，就在地上放一床垫子。不用穿内衣，就穿一内裤，特精致那种，露着大长腿，陷在沙发里喝热奶茶，管它外面刮风下雪，咱们四季如春。

斯斯在畅想，央姬动容了，她甚至在想附近的房价，如果家里拿了首付的话，她每个月还两千块钱就可以实现这个画面，只要她找到一份工作。但是还有些话她忍住没问，因为她冲上楼去教育那个姑娘，可是那个姑娘说，是斯斯出轨在先，她男朋友发现斯斯给别的男生发"我爱你"，并且不止一条。央姬觉得自己好像没那么了解斯斯，或者是斯斯对她一直有所保留。但是这并不重要，因为斯斯的陪伴和温暖，已经让她很知足了。

斯斯没有怀孕。而林鸥出国的时间终于确定了，央姬和林鸥都刻意回避这个话题，得过且过。

突然有一天，同学们窃窃私语，关系不好的同学直接冷嘲热讽，大体意思是央姬隔三岔五不回寝室住，是被一个有钱老男人包养了，而且为了蒙蔽大家，还拽着斯斯给她当挡箭牌打马虎眼。央姬根本没把这种没边儿的事放在心上，直到央姬的母亲打来电话，大发雷霆，泣不成声。央姬说妈你听谁说的？

她妈说了半天也没说出来那人是谁，反正就是有人好心打电话给她，让她及时管教好自己的女儿。央姬意识到这是有人故意造谣，但是连家长都不放过实在是太可恨了。央姬好说歹说劝住了血压攀升的母亲，但是母亲要她答应，毕业后马上回老家考公务员，不许在北京胡折腾。

央姬发现不只家长，连老师都笃定这就是事实，本来班主任给她介绍了一份实习工作也被撤回了。尽管平时相处得还不错的寝室同学表面上安慰她信任她，但是她听到她们在背后大肆谈论欢声笑语唯恐天下不乱，好像她们都看到她拿着一沓钱跟一个肥硕老男人躺在床上了一样。

这他妈是谁干的？央姬想发火都没处发。

斯斯为了疗伤去成都旅游了。央姬要自己面对这一切。准备考研来不及了，工作还没有着落，自己喜欢的人就要出国了，她还没融入北京就要背着当小姐的名声滚回老家。还能再糟糕一点吗？

林鸥发来信息，约她今天见面。

央姬心里忐忑，如果连自己妈都没放过，林鸥会幸免吗？

央姬见到林鸥时，林鸥从怀里掏出了一瓶热奶茶。

你脸色不好。

林鸥，我跟你说件事。

你说。什么事这么严肃？

有人造谣，说我……被老男人包养，或者可能比这更恶劣。

你不会的。今天咱们去滑冰。

啊？

林鸥约了几个朋友，带着央姬去北大未名湖滑冰。

央姬特别恐惧冰刀鞋，林鸥就让她坐在小车上，推着她在冰场上转圈。

加速度让央姬这几天压抑的心得到了释放，甚至笑出了声。她仰起头看见林鸥认真的脸，坚定地望着前方，她觉得这个男生就像头上的天空，湛蓝纯粹，而且爷们儿。

你都不多问几句吗？

问什么？你是我女朋友，你是什么样的人我了解。

我都不怀疑你我为什么要问你。

是有人给你打电话了吗？我特别想知道是谁干的，我跟她有什么仇？

央姬，没有什么事过不去的。再难过的时候，洗个热水澡，好好睡一觉，醒来一切都好了。你试试。

我心是有多大？

林鸥被央姬逗乐了。吃茄子，吃鱼，一定要吃。林鸥特别喜欢给央姬夹菜，你从小就不吃，缺的营养太多了。今晚你别回去了。

开房后，林鸥让央姬好好洗个热水澡，央姬虽然打不起精神，但还是走进了浴室。水刚刚打湿皮肤，林鸥进来了，央姬特别惊慌。尽管两个人在一起开房多次，也睡在一张床上，偶尔林鸥也会小打小闹地磨磨蹭蹭，但是真在白炽灯下赤裸相见，还是第一次。

林鸥走到央姬身边，没说话，只是温柔地帮她洗澡，像在安慰一个受了惊吓的孩子。

央姬想到这几天接二连三的打击，又想到自己依赖的林鸥即将离开自己，绷了几天的情绪，终于忍不住，哭了出来。林鸥把央姬抱在怀里，两个人忘情地拥吻着，花洒的水喷洒在两个人纠缠在一起的身体上。

央姬在林鸥的怀抱里，做了一个美梦。梦里，他们在一片麦田的尽头，建造了一座房子。央姬穿着白色的连衣裙，皮肤晒成了小麦色，在太阳下对着林鸥笑。林鸥就那样微笑地怜惜地看着她。微风吹过，时间静止。

你做了什么梦，笑成这样？

央姬睁开眼，看见林鸥正看着自己。

我有事想要告诉你。

什么事？

斯斯。

斯斯怎么了？

是斯斯跟我说的。

央姬半天也没缓过神来。怎么可能是斯斯？她为什么要这样做？她是自己最好的朋友，她们有钱一起花，没钱一起扛，她们一起狂笑，一起哭成傻×，她没有理由这样害自己。

但只有是斯斯，才能让老师同学都这么相信这个谣言的真实性，只有斯斯知道自己母亲的电话号码，也只有斯斯能让自己栽这么大一个跟头。

林鸥把手机递给央姬，这是她给我发的信息。

央姬拿起手机，看到触目惊心的一连串信息，都是夜里十二点，斯斯发给林鸥的“我爱你”。原来斯斯男朋友看到的信息，是发给林鸥的。

我没回过。

你为什么不早跟我说？你们都对我有所隐瞒。到底还有什么是瞒着我的？你们这样活着不累吗？

央姬想要走，被林鸥拽住。

松手。

央姬挣脱开林鸥跑了出去，央姬的气不只是因为最好朋友的背叛，还有林鸥的沉默。还有一个星期，他就要走了。但是他没有说过一句你等我，没有畅想过任何关于他们的未来。

她坚持不回老家，其中很重要的理由就是她想在这儿等他回来，但是她并不知道他需不需要她的这份痴情。林鸥越好，越让央姬割舍不下，央姬越痛苦。

央姬回到寝室，听说斯斯回来了。央姬盘起头发，拿着雨伞，径直走到斯斯的房间门口，久久站立。她想起很多画面。一起忍受的寒风不会假，为彼此的奋不顾身不会假。

人容易在一段时间迷失自己，而后找到了就找到了，找不回来就走远了。央姬把雨伞挂在门外的把手上，转身，把高高盘起的头发散下了。

林鸥匆匆约央姬在时间酒吧见面。

林鸥点好了央姬常喝的那种鸡尾酒。

今天你请我吧，我没钱了。

好。

在一起这些日子，我都没送过你什么礼物，昨天去附近商场给你买了这个。

林鸥打开盒子，是一枚戒指。看你喜欢戴戒指，应该不会浪费。店员说你可以去改大小，随便你戴在哪个指头上。

你送这么贵重的礼物给我，我该送你什么呢？要不我把手上这个戒指送你吧。

央姬开玩笑地把小指上一朵花的戒指递给林鸥。

林鸥笑着接过去，拿在手里把玩。央姬，对不起，我明天就要走了。

你们学校这么不靠谱吗？说走就走？

本来就是要做随时走的准备。

那你什么时候回来？

两年，或者三年。你知道我跟留学不同，没办法自己中途回来。

我知道。

我回来后会在北京逗留一阵子，然后回南方。明天我走，你别来送我，我不喜欢离别的场面。

好，不送。

央姬把一杯酒干了。

这酒的名字叫“Set Free”。

央姬听完心头一紧，原来林鸥早就安排好了他们的结局。

我还要回去交材料收拾行李。

好嘞。谢谢你的礼物。

林鸥把央姬送到路口，像往常一样帮她拦车，然后松开牵着她的手。

央姬盯着林鸥的脸看，她怕她忘记他的模样。车门合上的刹那，央姬的心被重重一击。虽然林鸥还在自己的视线里，却像生离死别，心被撕裂了一样生疼，痛得她连呼吸都吃力。

车开走了，央姬回头，看见林鸥从兜里掏出烟，低头点了一根，抬起头的刹那，车拐了弯。

央姬不知道该如何度过第二天的时间。自己心爱的男人就要飞离这片天空，离开这个国家，他即将面对的是一切新鲜未知，自己守着的却是熟悉的回忆。这不公平。

央姬去超市买了很多食物，她感到前所未有的饥饿。在暴饮暴食中，央姬混沌地看了一天电影。

看了眼时间，他已经彻底离开了她。

在接下来的一个月里，央姬增重了二十斤。她一直以为是填不饱自己的胃，其实是填不满自己空虚的心。突然没着没落，突然情绪失重。

林鸥偶尔会来一通电话，一个星期或者半个月，每次聊十分钟。但是她总觉得隔着什么，就像越洋电话几秒的时差，往往让人词不达意，窘迫不堪。林鸥没有手机，也就是说当央姬想他的时候她找不到他，只有等他想起她的时候或者有空的时候来个电话，这个电话只能等。

央姬觉得自己就像深宫里的女子，望穿秋水，等不来一句承诺。央姬一直不抱怨不黏人的人设让她吃尽了苦头。

拿到Offer的那一天，央姬决定减肥，就像报复性地饮食一样，她开始报复性地跑步，一直跑到小腿抽筋，又在一个月内瘦了回去，只是内分泌严重失调，她的额头上起满了包。她没有意识到，她对身体的惩罚其实就是她在选择放弃的过程，她已经把林鸥的离开认定成彼此的终结。

央姬如愿以偿地进入国贸上班，她努力工作，别人要拖一个星期的事情她一个小时就做完，这样的傻姑娘当然被人利用，她成了最早一个来公司，最晚一个离开的人。即使这样，做完分内的事情也要帮忙打印东西，帮老员工跑腿买咖啡，公司开会她被拒在玻璃门外，每隔半个小时进去添一次水。而大家开会时焦头烂额研究不出来的对策，她在会议室外的沙发上看着自己印出来的会议纲要，全都想到了解决办法，但是她在这里太微弱了，没人愿意听她说。

随着下班的人流，央姬也成了国贸十字路口的风景线。原来这楼里穿着利落干净的姑娘们只能穿梭在高档写字楼和单面朝向的合租房子里，即使买得起车也交不起每日巨额的停车费，她们行色匆匆地赶路，只是为了早点回家。

因为睡眠不好加上疲惫奔波，央姬病倒了，她喘不过气导致大脑供血不足，医生给她开了刺五加的吊瓶，在走廊的塑料椅子上给她加了一个位子。央姬求护士快点注射，因为一会儿她还要去替主管背黑锅，去甲方单位道歉。小护士没有经验，调快了速度，央姬心脏承受不住这种负荷，那一刻她钻心刺骨地想念林鸥，然后就陷入了昏迷，直到医生赶来重新注射葡萄糖才让她恢复意识。医生扔下一句，你不要命了！央姬擦干眼泪，想林鸥是一件奢侈的事情，因为太痛苦了。

央姬站在甲方单位的办公室中央，在众领导的数落和责骂下，用指甲抠着手心忍耐着。央姬觉得她这么努力好像都在做无用功，但是她一定要努力，或许是希望可以感天动地，总会否极泰来。

央姬发现当她放下自尊心的时候，很多事情都迎刃而解了。央姬所向披靡的状态让她闯过了很多关卡，顺利转正。虽然更加忙碌，但是让央姬庆幸的是，她终于可以坐在会议室里，并且她终于可以不把注意力集中在林鸥随时会打来却迟迟不打来的电话上了。即使林鸥没有消息，她也可以平稳度过一个星期，一个月。

半年后，因为工作关系她认识了一个优秀的男人，北京人，看她小小年纪这么辛苦，主动提出把家里的一套房借给她住，让她告别挤地铁和合租的日子。央姬知道这意味着什么，但是她要等林鸥的电话，跟他说声告别。

但是当林鸥终于打来电话，央姬却不知道如何开口。

咱们没有未来，分手吧。

你一句承诺都没有，我等不了你了，不，是你根本没有让我等你。

你不知道我有多艰难，我不能跟父母说，也不能跟你说。

央姬觉得无论自己说什么，都像是抱怨，她不喜欢抱怨，尤其是不想跟林鸥说这些矫情的话。很简单，你的未来里没有我，或许就是你没有那么爱我。那么我自己管自己死活，对自己负责。

央姬没有接林鸥的来电。接下来的一个月里，林鸥频繁地来电，都被央姬调成了静音。或许这是一种逃避，但是央姬想不到更好的措辞，她不想这样悬而未决，是的，她要给自己一个裁决。

尔后两年，林鸥杳无音信。央姬跟那个优秀的男人恋爱了。央姬记不起任何细节，大体就是他对她很好，爱她聪慧漂亮。他很想结婚，让她回归家庭。但是她年纪尚小，事业还没出成绩，不想这么早就让自己盖棺论定。于是两个人终于在一次爆发中，分手了。

央姬从男人的房子里跑出来，没有地方可去，缩在新买的车的后座上。又是寒冬腊月，央姬在寒冷和困意中，开一会儿空调眯一会儿，坚持了一晚上。因为积蓄都用来买车了，她在车里扛了一个多星期才重新找到合适的房子。

之所以买车，是因为她常常要忙到凌晨回家，而且北京太大了，她四处奔波，央姬不放弃任何一个机会，每一项工作都全力以赴，一辆车可以帮她节省很多时间。在很长一段时间内，她开车的时候不敢看向路边的公交车站，因为那里总是站着在寒风中等车的姑娘，原来自己曾经的样子这么可怜。

林鸥回来了。央姬接这个陌生电话的时候没有一点防备。

见见吧。

林鸥说得云淡风轻，央姬没有任何理由拒绝他，哪怕是作为曾经的恋人，作为一个老朋友。只是见面的日子被央姬一拖再拖，拖到了林鸥要回南方的前一天。

约在了时间酒吧。

央姬准备了很久，最终还是穿了一身简洁的白裙赴约。

你一点都没变。

才两年多的时间，难道非要长出白发吗？

也是。才两年多啊，感觉过了一个世纪。送给你的。这次回来见了很多老朋友，他们都有礼物。

谢谢。可我还是没有礼物要送你。

没关系。你还好吗？你变成你想成为的那样优秀的人了吗？

央姬苦笑，还没有。

那你愿意跟我走吗？

林鸥。

从你不接我电话那一天起，我就知道，你不会跟我走了。但是我还是想回来亲口问你。出国没有想象中那么好，我住在国外的大农村，那里很荒僻，学校很严格，我们不准使用手机，如果跟家人打电话，需要去小镇上，那里有公用电话。但是常常排队的人很多，那阵子，我每天骑车二十分钟去小镇，排一个小时队给你打电话，你别笑，是真的，电话十分钟会自动挂断，所以前面一个人是十分钟。通常下午一点到那里人少一点，大概有五个人，轮到我，我就一直默念，接电话，接电话，但是你没有，我就骑着车回去。经过一片麦田，我仿佛看见你穿着白色的裙子在那里看着我，后来才知道那就是一个稻草人。连续一个月的时间，经常一起排队的兄弟拍着我的肩说，嘿，兄弟，你不用再打了。我默默地站在那里抽了一根烟，给了他一拳，那一拳下手挺重的，我想我再也不会去那个公用电话亭了。

央姬如鲠在喉。

这几天你猜我住在哪里？

不知道。

就是我们常去开房的小旅馆。老板问我，你在哪儿？我说我们分手了。老板叹了口气，陪我抽了一根烟，说他一直以为我们会在一起的。这里要拆迁了。我对北京的回忆除了你，就剩下中南海的味道了。我喜欢北京的冬天，抽烟特别带感。我还喜欢天安门，毛主席像特庄严。

央姬，我知道我欠你很多。我那时不能承诺你，因为我没有资格，我知道你是一只光彩的鸟，我不该用我不确定的未来拴住你。但是现在我回来了，如果你还没有飞远，我愿意给你承诺。

太迟了，林鸥。你知道我这两年多经历了什么？

我不知道。如果你愿意说，我愿意听。

央姬不想说，两年多的时间里，她从来不敢来这边，不敢去任何曾经跟林鸥一起去过的地方。有一次办完事客户要来这边的湘菜馆吃饭，她一进门就抑制不住地号啕大哭，她现在最喜欢吃的菜就是茄子和鱼。说这些没有意义的，迟了就是迟了。

我要走了。

央姬把林鸥一个人丢在酒吧里，自己飞快地钻回到车里。

林鸥发来信息。还记得我们第一次来时间吗？你说那桌男女是要分手，谁知道他们是不是久别重逢呢。

央姬拆开林鸥送的礼物，是他原来戴在脖子上的那块玉。

林鸥说，这是我爷爷的爷爷传下来的，一个朝代都终结了，家人从北方辗转到了南方定居，几代人在最穷最难的日子里都没当掉它，传到我手里。可是我知道我没办法传给咱们的孩子了，那就留给你的孩子吧。

这礼物太贵重，我不能收。

央姬，从今天开始，我来等你。

从此央姬和林鸥很少联络。偶尔打个电话问候一声，出国的时候寄一张明信片给彼此。

在公司奋斗了整整七年，央姬升到部门主管。在一次开会的时候，西下的太阳照进来，晃了客户的眼，实习生要去拉窗帘，被央姬制止了。央姬走过去，以一种胜利者的姿态，望向楼下，合上了百叶窗。她突然意识到自己不过是个倔强的小姑娘，努力这么多年难道为的就是这样的形式感，就是要找回在这个城市曾经被碾碎被欺侮的自尊心吗？如果内心足够强大，这些又算得了什么呢？可是不经历这些，又怎样将内心变得强大呢？

知道林鸥的人很少，央姬不想提。央姬心里一直负气，为什么要我放下一切跟你走，而不是你留在北京陪伴我？为什么你在南方等我，不在我身边等我？说穿了不还是自私。央姬负气到出差从不肯去南方那个城市。但是迫不得已，这一次航班转机到了那里。

央姬的心被揪了起来。这里跟她想象的样子完全不同。她按照他曾经描述的样子，大概找到了他的家。原来他就是在这里上了小学，上了初中，在这里牵过别的姑娘的手。央姬不知道他是否在家，她坐在院子里的秋千上，心里默念，林鸥，我来过了，你感受到了吗？

央姬第二天飞往美国，她在LA寄给林鸥一张明信片。这次行程结束，央姬想给自己放一个年假。七年了，一直忙着赶路想要成为谁，却差点忘记了自己是谁。

LA的凌晨，央姬在睡梦中接到一通电话，林鸥的航班失事了。她曾想过最坏的结局，是林鸥有了妻儿，自己孤独终老。但是她没想过，林鸥会先一步离开她，他没有信守他郑重许下的承诺。

明信片送达林鸥家的那一天，林家正在办丧礼。

林鸥的母亲说，这里是他的房间，你随便拿个什么东西，留个念想吧。

央姬久久地坐在他的床边，她不相信他真的离开了，他一定在另外一个地方，等着她。这辈子他们相识太早，却辜负了近十年的时光。

她想起林鸥说过的那些话和送给她的礼物。好像早就注定好了这样的结局。

央姬什么都没有拿，林鸥早已将最珍贵的赠予了她。不需要睹物思人，她也不会忘记这个人，他这样单纯而深沉的爱，已不可得。

央姬把自己寄来的明信片放在林鸥的床头。

Sorry to keep you waiting.

让你久等了。

央姬辞职了，她告诉老板，她要开一家酒馆，不卖艺不卖笑，只卖烈酒和情怀。央姬刻意强调那是酒馆而不是酒吧，酒吧嘈杂而功利，酒馆温情而含蓄。酒馆的桌子就用南方老宅子那种坚硬而沉重的木门打磨，经过历史的沧桑和风雨的洗礼，见证过生离死别和百转千回，它承载得起任何一个客人的故事。大门二十四小时敞开着，酒馆里串联的灯泡打出温暖的光，照亮那些在生活中失意的人，那些在命运中流浪的人，那些停留在人生中某一阶段走不下去的人。

央姬在丽江开起了这家酒馆，门口挂起了一个时钟。酒馆内很多布置延续了她记忆中她跟林鸥常去的那家酒吧的样子。

央姬在孤岛酒馆里遇到了很多人，曾经的客户，曾经的同事，还有斯斯。早已物是人非，相视一笑，相忘于江湖。

有人问她，老板娘，这家酒馆叫什么名字？

央姬说，每个人都有他的故事，每个人都有他的执着。无论你怎么逃避，时间总会穿透你。每个人都曾在大都市的霓虹中迷失，都曾在爱情里蹉跎。其实每个人的心都是一座孤岛，岛上是你这一生都逃不开的恐惧和孤独，只有用爱填满它。这里是孤岛酒馆。我给你烈酒，你给我故事。你为成长付出的惨痛代价，便是时光教会你的深刻领悟。来生，请指教。

达尔文主义

田七跟任何一个来孤岛酒馆的客人都不同。他擅表达，侃侃而谈。天南海北，古往今来。一下午的工夫，他已经成为酒馆的中心，大家都听他讲段子，然后哄笑一团。有较真的会追问他一些逻辑上的问题，强迫症则喜欢一直追问“后来呢”，田七也不嫌麻烦，总能再续上一段“后来”。

所以田七你是作家吗?

田七摇了摇头，说我是编剧。

大家问，都是编故事，有什么不同?

田七卖关子，说区别可大了。作家讲故事要考虑文学性，编剧编故事要考虑狗血和撕×，不是同一种语法。

那什么戏是你写的啊?

田七曾经最怕这个问题，因为他没写过什么像样的戏。但是今天不一样了，他说我写过一出牛×的戏，叫《达尔文主义》。

顾客们一脸蒙，别说没看过，能听明白的人都不多。

您这是话剧吧？

不是。田七拉长了声音。这算是一电影吧，就一天的事。

就一天的事？

是啊，讲讲？

讲讲。

老板娘又给田七续上一杯酒。新进来的顾客不明所以，也都搬着椅子凑了过来。孤岛酒馆前所未有的热闹。

田七开了口，我这个故事的男主角，叫……就叫田小七吧。我创造的人物都是我儿子，不亏。

一天前，田小七站在大望路边的天桥上，不是为了卖艺，当然更不是为了过马路。他为的是找车少的时候纵身一跃，他要跳下去。是的，田小七要自杀。为什么选择这么热闹的地段呢，一是刚巧出门离得近，二是这地段隆重，人生没华丽绽放，谢幕总不能那么寒碜吧。你看那东北角的商场，国际大牌大logo都辉映着呢，西北角，地铁站来来往往的都是俊男靓女，西南角一水儿的饭店，东南角扎下去就是母校。

但是田小七足足站了一个钟头，就是找不到合适的机会。

田小七心善啊，他总不能砸到别人车吧。万一人家没上全险，万一人家留下心理阴影，再万一车里有孩子。不能够，绝不能够到死了给社会添堵，给人民添麻烦。田小七虽然这一生干过缺德事，但最多就是找不到厕所的时候找没人的地方撒泡尿。临了了，就算不给自己画个句号，总不能在追悼会上被人指着鼻子骂吧。

到死都撕不开面儿，田小七骂了自己一句。

你在这儿干吗呢田小七！

一大手掌直接拍到了田小七的肩膀上，田小七吓得一激灵，心想就这点小胆儿还学人玩自杀，不如直接吓死算了。

田小七一回头，是大学同学大胡。毕业七八年了，没想到临死之前见到了。

你说什么？

田小七说，没事，我说我还以为咱俩到死都见不着了呢。

怎么会呢！之前缘分没到，今儿到了！哎你在这儿干吗呢？

田小七一时支吾起来。老同学刚见着，总不能打招呼说我在这儿要自杀，或者过几天记得来参加葬礼啊，别带东西，都用不上了。

田小七随口一说，我在这儿……在这儿看看车。

大胡左右那么一张望，又一巴掌拍过来，说兄弟你混得可以啊，都看上路虎了！

田小七循着大胡的方向望过去，果不其然一家捷豹路虎4S店。田小七想说自己在池子里摇号概率都翻十几倍了还没中签呢，哪来的资格买车。后来一想就算中签了自己能买得起的车也就是几万块不带天窗的手动挡。但是田小七没有解释，心里还理直气壮，反正都是奇瑞嘛。真是到死都要面子。

大胡拽着田小七说，瞧见了吗，开路虎也堵在这儿动不了。走吧，跟我绿色出行一次，咱们别迟到了。

去哪儿别迟到了？

老同学聚会啊！

大学同学？

是啊！

没人通知我啊。

是吗？这不重要，我现在不是通知你了吗！

田小七稀里糊涂地就跟着大胡上了地铁。地铁上人特别多，田小七和大胡被挤散了。田小七隔着人群看大胡，一点看不出当年文艺的影子，分明就是一个中年大叔，穿着打折买的运动品牌，一身上下四个牌子四个logo，大胡闭着眼睛随着车厢摇摇晃晃。眼看下一站就要下车了，田小七挤到大胡身边，说大胡，你姓胡，叫什么来着？

大胡说我叫大胡是因为你们觉得我胡子多，但是我不姓胡。

哦。昵称。

田小七跟着大胡进了一家五星级酒店。田小七身上没有钱，想到结账时AA制总不能刷信用卡给父母添麻烦吧，如果赊账也不地道。田小七想趁机逃走，但总要找个合适的理由。

田小七说毕业这么多年，竟然跟大家都没了联系，什么结婚啊聚会啊都没人叫上我。你们是有个群吗？我都不在群里。

我现在就拉你进群。

别，我进去也没人欢迎。

怎么会呢，刚才我在群里说遇见你，大家还都挺期待的。

真的吗？

庄舒还说你消失这么多年终于肯出现了。

庄舒也来啊？

田小七听到庄舒的名字，一下子就回到了学生时代。那是他一见钟情的姑娘，不像所有校园故事那么美好的是，他喜欢上了她，想方设法接近她。她喜欢敷面膜，他就研究面膜；她喜欢集口红，他就研究口红；她喜欢网购，他就给她取快递。每天在她寝室楼下等她，骑着小破自行车带她去上课……不过可能接得太近了，越是朝夕相处，她越没把他当成个异性看待。

谈男女朋友的事告吹了，他不再每天黏着她，但是拦不住他喜欢她。月初家里打了钱，他请她出学校吃大餐，那时候通讯还不发达，他一般前一天在QQ上发个时间地点，第二天就准时等候了。所以他想那个年代爽约的人少就是因为不能实时跟进所有状态，谁知道你早晨起了是头痛还是姨妈痛，反正约好了就是约好了，改的话就需要发信息一来二去说明原委，一条信息一毛钱，总是要打满字数才发送，不愿意让运营商占一毛钱的便宜。有时候信息内容发得太经典，收到信息太感动，想要储存下来都很难。毕竟手机内存有限，你只能筛选出最经典的三十条，其他的要么抄下来，要么记在脑子里。打电话就更奢侈了，双向收费，就算你愿意打，人家也不一定愿意接。所以能打电话一定是急事，对方接电话也一定是真爱。

一般田小七在有钱的前一个星期，活跃在庄舒周围，之后两个人偶尔在食堂碰到，有可能田小七还要蹭庄舒的卡吃个拉面，甚至死皮赖脸地借个一两百块钱艰难度日。

所以田小七对庄舒的情感很复杂，喜欢这么多年却处成了革命友谊。田小七说庄舒我毕业之后赚了钱，我把这餐馆买下来，就当成我们的备用食堂。庄舒说好啊，那海鲜炒饭我一定放半斤虾仁进去。

这次会晤结束后，田小七就工作了，却一直没有实现理想，跟庄舒也失联了。

其实有的时候你觉得会永远伴随你的朋友，不知不觉就走散了。可能也不是谁的原因，只是彼此的生活里都有了新人的进入，然后每天不知道为什么奔忙，忙着忙着就疏远了，也就没有了联系的理由。

田小七还在感慨造物弄人，大胡已经把他带进了一个宴会厅。真的，足足是一个小型婚礼的宴会厅。一桌十人的规格，摆了五桌。已经三三两两有人来了，因为没有名牌，大家随意坐在不同的桌上，仨俩成群在私聊。

大胡人缘好，见到谁都打招呼。田小七一个人坐在桌子前，觉得有些尴尬，掏出手机打发时间。这时范迎走过来说田小七，你竟然还活着！

田小七一惊，你怎么知道我想死？

范迎比原来又胖了两圈，更加油腻腻。所以说不是胸大的女人就性感，胸大不能真的只是胸大，而是胸跟腰比非常大才行。

田小七说一看你就知道学校食堂现在整改得不错，

西食堂的馅饼还是那个味道吗？

范迎是唯一一个毕业就留校当老师的学生，因为系主任特别欣赏她，尽管她在学校从来不叫他爸爸。

范迎说味道没变，只是早就吃腻了。现在都是我男朋友送饭给我吃。

看得出来，小伙子挺下功夫的。

我介绍你认识啊！范迎顺手指着刚从卫生间回来的男朋友，石麦，这边！

石麦。田小七听到这个名字，内心开始翻腾。重名？不会这么巧吧？

田小七回头看到石麦的那一刻，觉得人世间所有事都比电影要精彩。田小七喊服务员上一瓶白酒。

石麦是吧？今天咱哥俩好好喝两杯。

石麦说哥，我开车呢。

开车呢？哪辆？是那辆2009年产的黑色小骐达吗？

石麦的脸色沉了，非常难看。

范迎隐约感觉到这里面有事情。她说田小七你有话就直说吧。你们怎么认识的？

田小七第一次看到石麦的名字，是在自己相处了一年的女朋友聂聂的手机里。那一天早晨他没有被闹钟叫醒，下意识地拿起手机看时间，5点11分。

因为没有开灯，他随手拿起的是聂聂的手机。他看到聂聂的手机调成了飞行模式，连无线网络都没有开。他觉得哪里不对劲，但又说不上来。于是他把手机拿到卫生间解开密码，连上WiFi，果不其然。

一连串的信息蹦了出来，触目惊心。而发信息的那个人就叫石麦。

无非是两个人背着田小七有见不得人的私情。但是让田小七崩溃的是，田小七刚刚给聂聂的银行账户打了七十万人民币。

这七十万，是田小七七年工资结余的七万和老家父母卖了一套房子所得的六十三万。打给聂聂是因为他们马上要结婚了，两个人看好了一套房子，说好两家一起交首付。田小七老家的房子先卖掉了，所以钱就先打了过来。田小七没想过马上要结婚的姑娘，其实外面还养了汉子。

问题的关键是，现在怎么办。

田小七拿起手机，把聂聂手机上辣眼睛的信息都拍了下来。这怎么说也是出轨证据。那接下来呢，是要跟聂聂摊牌，还是假装什么都不知道，把七十万要回来再说？

田小七前思后想，把所有逻辑理清楚，先把信息都删除，手机恢复飞行模式，归放原位，等聂聂醒来。

或许也是因为同床异梦睡不踏实，没过多久聂聂就醒了。田小七做好了早餐，他说聂聂，今天咱们去看看房子吧，你看我把七十万都打给你了，你家的钱什么时候到位啊，好房子可不等我们啊。

你有病吧，我今天要加班啊。

那这两天我抓紧看看房，精简好优质房源，你到了一拍板，咱们就刷卡交钱。

你当买猪肉呢，这么随便。

不管买什么，咱们得先挑先选吧，你这捂着是什么意思啊？

我捂着什么了？田小七你大清早故意找碴是吧？你是不是有情况啊？

田小七心里这叫一个堵，什么叫恶人先告状，她怎么敢觍着这张大圆脸硬化成了蝎子精。

聂聂吃完早餐就急匆匆穿衣服出门了。

田小七强忍怒火，呸！什么狗屁加班，分明就是去跟那个野男人约会。

聂聂穿好鞋，回身看了他一眼，说田小七，别等我吃饭了。

聂聂再也没有回来，电话也关机了。

田小七翻遍家里才发现，聂聂早在他没察觉的时候把证件和值钱的首饰都转移走了。最毒不过妇人心。田小七给聂聂所有的朋友打电话，一开始只是询问行踪，后来顶着一顶绿帽子开始讲聂聂的王八蛋行径。

有的朋友听完说田小七你丫真是个好人。

有的朋友听完说田小七你死心吧，这事就认栽吧，没辙。

还有的朋友说田小七这事你都忍得了你丫还算男人么，你赶紧告丫的。

田小七找了律师，告到了法院。

田小七问律师，我有几分胜算？

五成。

五成，我还打不打这官司？

不打官司，胜算是零。

说得也对。那咱就打？

打吧，先交五万律师费。

田小七终于见到了聂聂，以对簿公堂的形式。

聂聂戏太好了，声泪俱下，坚持说这七十万是他们情感存续期间田小七的自愿支出。

田小七说我怎么自愿了，我一个大老爷们儿租房住了七年，虽然经常搬家累成狗，但是我无所谓，时常换新鲜环境我觉得挺好。要不是因为你，要不是为了结婚，要不是为了结婚必须有房子的面子，我才不买房。父母卖了养老的房子，这钱怎么能是自愿支出，这叫生命支出。就为这房子操的心上的火，得少活多少年？

不过这些话法院是不听的。法院只去界定聂聂在整件事情上有没有欺诈。首先，钱不是聂聂花言巧语要的，是田小七自愿给的，就算是聂聂出轨，也因是谈恋爱期间，不受法律保护。所以，结果可想而知。

这件事折腾得田小七筋疲力尽。田小七说聂聂你自己做了什么你知道，这样吧，至少你把你的小骐达抵给我，我在北京没车没牌的，日子也不好过。聂聂说是你的我肯定给你，是我的你别惦记。

田小七觉得这娘们儿冷酷又绝情，倒吸一口凉气，多亏没结婚，也算及时止损。

这时老家的父母跟着添乱，在电话里非要拿着彩礼来提亲。田小七气哭了，不是生父母的气，是觉得聂聂太过分了，自己的父母一把岁数还要把事情做得有里有面，她年纪轻轻就不要脸了。田小七这一哭不要紧，老两口吓着了。先是问情况，而后问起了钱。田小七一激动，说了句我对不起你们。老两口哪受得了这个，凭着一辈子的生活经验，猜得八九不离十。

过了没几天，母亲打电话来说他们不过来了，父亲一股急火瘫在床上了。田小七觉得是自己不孝，声泪俱下。而自己戴绿帽子的事传得人尽皆知，田小七一口气堵在胸口发泄不出来，开始消极厌世，患上抑郁，也不工作了。

田小七花掉银行卡上那点零头，就不想再给世界添麻烦了。于是就想到了自杀。没承想自杀没死成，倒是见到了石麦。田小七心里想我死都不怕了，今天还会怕你吗，非要拼个你死我活。但是范迎在这里充当了什么角色？

哦，原来范迎跟石麦是官配的男女朋友，也就是官方俩人都承认的，登堂入室的，谈婚论嫁的。那石麦跟聂聂就是偷情男女。

田小七说范迎啊，你可长点心吧，你这男朋友长得像小偷。

范迎乐了，说什么呢，人家可是警察，专门抓小偷。

你男朋友偷的东西不犯法，但是犯贱。

这话一说，一桌哗然。范迎也是要面儿的姑娘，拍案而起，你什么意思啊田小七，大家这么多年没见，你见面逮着男朋友开始怼，有什么话咱们散局儿了再说，能不能让我把眼前这口饭吃完？

石麦拽着范迎要走，田小七追了出来。范迎上来了倔劲儿，非要跟田小七掰扯清楚。

其实人家范迎这话说得合情合理，但是田小七的怒火也是上了膛的。

范迎，你看你男朋友吊眼梢子眼睛不大，黑眼圈都赶上大熊猫了，典型的肾虚、肾亏、肾劳损。再看看你，有值得他劳损的必要吗？我这么暗示你，你要是还没听明白，真白瞎你这个人了！

田小七，他偷谁了跟你有什么关系，偷你家媳妇了？

他偷的就是我媳妇啊！不但偷，还拐，我媳妇跑了啊！要看照片吗？

你一个大老爷们儿被绿了，你在这大庭广众之下吆五喝六的！还要不要脸？

我绿了，你以为你没变色儿啊？咱俩现在就是两棵圣诞树！

我去你大爷！

范迎爆了粗口，扭身就走了。石麦没有出去追，这让田小七有些意外。

显然，这是要决斗的意思。

田小七说石麦咱们出去打，在这儿伤及无辜。出了宴会厅，石麦猝不及防给了田小七一拳，田小七直接倒地，这才想起来他是警察。田小七没有起来，就势趴下了。石麦啐了一口才离开。

这个世界就是太不讲规则了才会乱套。田小七在卫生间里把鼻子里的血清洗干净，他觉得自己这辈子就是太㞞太憋屈，下辈子投胎一定要是个狠角色，不能再这么挨欺负。

同学会并没有想象中那么盛大，来的人也不多，最终大家凑到了一桌，庄舒没有来。田小七看到了睡在自己上铺的兄弟，从西北贫困县出来的贝总。

贝总说他迟早要当大老板赚大钱。虽然贝总出身贫寒，但是他没有自卑也不内向，见人说人话，见鬼说鬼话，用他那三寸不烂之舌不但免了大学很多学费，还让同学们心甘情愿帮助他给他凑钱买车票回家。这种极高的语言天赋加上高情商，让大家觉得贝总肯定会成功，至少是农民企业家之类的。而如今贝总坐在那里，黑得油光锃亮，大胡说贝总你现在干什么呢？做物流呢吗？

席间一片哄笑，说贝总你是哪家快递公司啊？

贝总还是那股自信的派头，说我干中介呢。赶上好时候一个月能卖出十几套房子。

是吗，你在哪片啊，有好房源给我们留意着点啊。

贝总谦虚一笑，海淀。

学区房啊！至少千万起价，一平米十几万。那你赚翻了。

学以致用，学以致用。

这时贝总的漂亮女朋友进来了，那气质跟空姐似的。

贝总说，介绍一下，我女朋友Linda，也是卖房子的，卖新房的。

嘿，你们俩真是绝配啊，能买得起房的都逃不出你俩手掌心。

田小七说这么漂亮卖房子不耽误前程了。

还没等Linda开口，贝总悠悠地说，她卖的是别墅，都是上亿的独栋。我这学区房比不过她那富人区。对了你们还记得庄舒吗?

记得啊，她去你那儿买房子去了?

那倒没有，她是卖房子的。我问她这么好的房子卖了干吗，她说要去环游世界。

大家都哄笑，说这不就是文艺女青年么，败家啊。

只有田小七特别懂她。庄舒一直活得特别文艺，上大学时候大家都捧着电脑看《康熙来了》，只有她跑到东直门去看话剧。有时候自己还写点小戏剧小歌词的，要不就在下雨天随便上一辆公交车，一边听歌一边看城市的雨景，走到哪儿算哪儿，反正大学里有的是时间和青春可以浪费。庄舒说有一个艺术家，有一天下雨撑着伞，伞上写着四个字，今日有雨。然后他就失踪了。行为艺术是他跟这个世界的谢幕。那时候每到下雨天田小七都特别担心庄舒一去不归。

那时候流行人人网，庄舒喜欢在上面写文字，还有好多粉丝追随。她的自拍照片下面全是评论，她从来不回复。活得特洒脱特人淡如菊。

有一天她捧着孟京辉的话剧台本，对田小七说，你知道吗，我觉得中戏特别文艺，出门有一条巷子，不以赚钱为目的，都是为了打发这无聊时光，寻一个志同道合的人，说一些志同道合的话罢了。

庄舒指的就是后来成为北京著名景点之一的南锣鼓巷。那时候的南锣鼓巷空荡荡的，老胡同里的居民还可以安安静静地起居生活倒尿盆。那时候的为数不多的咖啡厅里，老板可以因为你把腿翘到桌子上而把你赶走。现在不一样了，那里商业，叫卖声和地摊货占了主流，正奔着小吃一条街迈进。那里的居民没有隐私，就像马来西亚海域上没有国籍的野人，无处栖居，无处可逃。

谁知道庄舒现在干吗呢？

大家都摇头。

就连田小七都不知道。田小七最早离开学校工作，所以对很多同学的去向都不知情。尤其是庄舒这样活得不食人间烟火的姑娘。问这样接地气儿的话题总是破了气氛，隐约知道她在一个很有名的女人手下做事，类似于工作室的助理啊文案啊之类的。

酒过三巡，大家开始分拨分批，散落在屋里的角角落落痛诉革命家史。

而跟田小七杠到最后的，是原来大学班上的体育委员阿来。其实大学的体育委员从来没有发挥过任何作用，但是阿来不一样，他是体育特长生。开学演讲那一天，他当着全班同学的面说他自己是用一个暑假从云南跑过来的。大家都以为他在开玩笑。但是他竟然在学校的操场上跑了整整四年，他一身健硕的肌肉长年累月隐藏在他宽敞破旧的运动服里。

他学习成绩最差，主要是没有脑子。但是他身上有使不完的劲和充沛的精力，他总是很早就起床，所以男生们都让他帮着签名答到。

老师喊A，他说到。老师喊B，他说到。老师喊C，他说到。老师喊阿来，他还说到。

老师就一直看着他。说，A。

他说到。

老师说，阿来。

他说到。

老师说你到底是A还是阿来？

他犹豫了片刻，说，我是A。

班里来上课的同学都给他鼓起了掌。

老师说，既然你是A，你告诉阿来，以后这门课他可以不来了。期末我会认真看他的卷子。

阿来说，哦。

那一个学期阿来挂了科，也没人念他的好。老师为了惩罚他，补考也没通过，这事一直拖到大学毕业，阿来连个学位证都没拿到。

阿来，我敬你一杯，你仗义，单纯，是个汉子。以后你有任何困难找到我，只要我能帮得上的，我尽力帮。

阿来说哥，谢谢你，你有需要我帮忙的，我也会尽力帮。

田小七笑了，说兄弟，哥哥的难处你帮不上。哥哥前几天跟女朋友分手，知道花了多少分手费吗？七十万。七十万是多少，来，咱们掰掰手指头。

算了哥，掰不明白，咱还是划拳吧。喝酒！

喝酒！

田小七跟阿来喝到胃里翻江倒海。

田小七想去卫生间解决一下，没想到刚出宴会厅就吐了，吐得全身发抖，直接趴在地上。好不容易喘口气想站起来，眼前一双香奈儿的芭蕾舞鞋。

田小七趴在地上仰起头，是庄舒。庄舒还是那么仙，经过岁月的洗礼，更加端庄和高贵。

庄舒认出是田小七，掏出纸巾来给田小七擦了脸和身子。

田小七站起来，整了整衣服，说庄舒，很高兴再见到你。

田小七伸出手去，庄舒犹豫要不要握。因为他的手上刚刚全是呕吐物。

田小七自觉地收起手，被庄舒一把牵住，说你真是一点没变，还像个小孩子。

这句似埋怨似娇嗔的话竟然让田小七的心里入了一股暖流。田小七想抱住庄舒痛哭，告诉她自己遭遇了什么，几个小时前自己还想结束生命，没想到几个小时后就见到了分别七年不见的老友。

庄舒说我来晚了。

田小七说，来了就好。

庄舒说你别来无恙？

田小七说咱们唱歌去吧，我现在特别想唱歌。

阿来起身响应，说走吧，咱们去下一场。

很多第二天还要上班的同学已经有了困意，而生活不得意或者跟老婆关系不好的人还饶有兴致。

阿来说七年聚一次，能去都去，咱们一会儿就工体吧。

说话间阿来去买单了。原来今晚是阿来请客。

阿来？阿来现在做什么的？

你以为他做什么的？

我以为？我以为他最多是个健身教练。

是的，他就是健身教练。但是他老婆有钱。他老婆是他的会员，儿子都快赶上他大了。要说模样还真可以，常年去韩国做保养，就是有钱。把阿来当儿子养，就看不惯他抠抠搜搜的样子。但是阿来什么人啊，多单纯啊，那身运动服买了就穿到破，这钱也花不出去，就想起老同学们了。

刚才门口停的那辆保时捷，不会就是阿来的吧？

那肯定不是，阿来知道会喝酒就没开车，而且他最近开的是一辆兰博基尼。

田小七抽了自己一嘴巴，七十万分手费算什么？瞎BB什么，怎么那么没出息没眼界没起子呢！

庄舒说你这受什么刺激了？

田小七说我这人喝酒喝多了容易当众孤独，你当我是神经病不用管我。

转场到了KTV，兄弟们叽叽喳喳地嚷嚷着找不找妹子。庄舒拿过麦克风，说你们都静一下。在你们群魔乱舞喝得不省人事之前，有件重要的事情要宣布。

你要结婚了吗？

庄舒说安静！今天是田小七同学的生日，生日快乐田小七。套用一句俗话，愿你出走半生，归来仍是少年！

服务员从外面推进来一个巨大的蛋糕，上面是田小七曾经最喜欢的漫画人物。庄舒说蛋糕肯定不好吃，但确实是我从日本专程带回来的。田小七感动得一句话都说不出来。

田小七心想我是不是死了？这就是天堂吧？天堂大家给我过生日？我竟然不知道今天是我的生日，这得多感谢首都道路的拥堵，让我始终没跳下去，不然我都不知道人生还有这么一出好戏。

田小七抱着庄舒开始哭，庄舒身上的香水味让田小七迷了情。他跟庄舒说了好多好多话，掏心掏肺，恨不得把心挖出来给她看，意思就是我爱你，一直爱着你，始终不敢说，那年幼的爱情啊……

但是庄舒说，她第二天一早的航班就要去丽江了。

庄舒志在四方，云游世界。是的，怎么能受儿女情长的羁绊。

田小七坚持要把庄舒送回酒店，庄舒说应该是我把你送回家才安心，你看你路都走不稳了。庄舒搀着田小七轧马路，两个人手牵手，走了一个多小时才走到田小七的家。

虽然田小七依依不舍，想要拽庄舒进屋恩恩爱爱，但是田小七用最后的理智放手了。

庄舒走后，田小七第一件事就是去卫生间解手。从KTV就憋着，一路上也不好意思尿，主要是不想放开刚牵上的手，他用意志力憋到了家。解手后，他躺在床上，觉得刚才如果不是憋了尿，让这些污秽之物攻陷了大脑，一定会拽庄舒上床。田小七开始后悔，但是没关系，如果自己不死了，人生路还很长。他跟庄舒这一晚只是一个开始，他可以追求她，可以跟她一起云游。遇到一个不要房子的女人是多么幸福的一件事。

他爬起身打开电脑开始订票，订第二天一早去丽江的机票。如果庄舒看到自己追随她而去，再制造一个浪漫的偶遇，在丽江那么浪漫的地方，应该一切就水到渠成了。他又订了一间客栈，新婚大床房。谁能想到人世间的事就是这样千回百转，谁又能想到生活远比戏剧精彩百倍。

什么前女友，什么七十万，俗不可耐！老子要追求青春时的悸动和澎湃。

本来想调好闹表怕误了飞机，竟然激动得一夜没睡，拉着两个大眼袋就去了机场。下了飞机第一件事就是奔古城，放下行李准备偶遇。

好在古城并不大，但他转了好几圈也没遇到庄舒。庄舒会不会骗自己？会不会这只是一个托词？对于云游世界的庄舒来说，丽江是不是庙太小了？到了傍晚时分，田小七已经开始怀疑自己甚至怀疑人生了。

对于一个差点自杀又抑郁的人来说，一夜没睡又坐飞机奔波满大街溜达还淋了一场雨的田小七来说，他此时已经濒临精神和体力崩溃的边缘。

但是房费已经交了。田小七昏睡的第三天，他通过跟客栈老板的交谈得到了一些线索，知道了庄舒的下落。

他梳洗打扮了一番，在庄舒的客栈前踱步，巧的是庄舒此时开了门。

田小七？

庄舒？这么巧。

你是专程来找我的吗？

田小七说，是的，庄舒。我们已经辜负了七年，我问自己人生有几个七年，或者说有几个有意义的七年，没有你都是虚度。

可是……对不起，田小七，我们不能在一起。

昨晚我们不是感觉都很好吗？

是的，可是……

妈妈！客栈里跑出来一个两岁左右的小姑娘，紧紧地抱住庄舒的大腿，庄舒有些尴尬地看着田小七。

你孩子都这么大了？

妈妈！另一个五岁左右的小男孩也跑了过来，抢走了妹妹手中的玩具。

老大都这么大了?

舒！有客人吗?

田小七余光看到里面的男子，穿着中式开襟。

你老公还是你爸爸啊?

庄舒说，这是我们家的客栈，那是我先生。

哦，对，先生，瞧你说话多文艺。我就是一大老粗，好了，那我不打扰了。我就不跟你先生打招呼了啊，一会儿你就说，说是一叫花子来讨饭吧。呵呵。

田小七踉踉跄跄地逃回他的新婚大床房，觉得他的人生很讽刺。

田七讲完这个故事，还是有客人问，后来呢?

后来，田七说，后来田小七没钱买回程的机票，就在丽江住下，偶尔给酒吧驻唱，来孤岛酒馆蹭酒，闲暇时候讲讲故事吹吹牛×。

田七，你讲的这是真事还是你编的啊?

田七嘿嘿一笑，别忘了我是编剧。虽然我一直觉得自己活得很文艺，但是当我穿着大裤衩子就着鸡爪子喝啤酒的时候，我觉得我比谁都狗血。你们知道达尔文主义吗？讲的就是物竞天择，优胜劣汰。我们的人生滚滚向前，除了争先恐后地死去，就是尔虞我诈地攀比。但是一定要活着，因为人生啊，远比戏剧要精彩。就像买了人生的通票，何不看完戏再走呢？

孤独恋人

黛西个子不高，是典型的南方姑娘身材，瘦瘦小小，在人群中并不起眼。但是素颜的她还是有几分姿色，至少皮肤净白透亮，嘴唇显得格外娇嫩，再加上三十万起底、配色和款式都十分低调的行头，能想象她是没受过生活的凛冽风霜的。

一个拍宣传片的导演驻扎在孤岛酒馆采访客人。镜头对着她的时候，她有些羞涩。导演说，你愿意跟我们谈谈你的初恋吗？她礼貌地微笑，说了声抱歉。导演并不放弃，追问说那你有什么话想要对你的初恋说呢？黛西欲言又止，她的思绪飘回了十八岁那年的夏天。

黛西的父亲黛主任是国字头建筑企业的领导，坐在一个一字不止千金的位子上。很多开发商都想讨好他，甚至不惜一切代价希望能跟黛西扯上点什么关系。

黛西高中毕业那一年，一个北方省会城市的开发商，说服她的父亲让刚高考结束的黛西来自己的城市旅游放松一下，也顺便让自己的儿子左天成多跟黛西学习学习怎么待人接物，俩人一样年纪，肯定聊得来。这个开发商没有任何政府资源和特殊关系，七年前还只是锅炉房里烧锅炉的师傅，却在机遇来临时敢想敢做迅速发家，因为为人低调行事谦卑，人际关系处得不错，间接认识了黛主任。黛主任明白他的意思，如果能跟自己攀上亲家，未来的路自然踏平了。虽然这个时候想黛西的婚事有点早，但是黛主任确实想让黛西自己出去转转，她一直在自己的管束下，性格腼腆害羞，刚好去锻炼一下。

这是黛西第一次自己坐飞机，头等舱。她穿着白色T恤、牛仔裤，配了一双当时还没流行起来的鬼冢虎，陷在座位里显得更加娇小。父亲告诉她一个叫左天成的男孩子会去接她。

虽然没谈过恋爱，但是黛西正值情窦初开的年纪，对爱情是有期待的。她在飞机上幻想着左天成的样子，应该是高高的英俊少年，带着迷人的微笑，在阳光下熠熠发光。少年对她一见钟情，希望可以一直保护她疼爱她，而她欲拒还迎，少年眉头紧锁猜不透她的心思急得团团转……

黛西沉浸在自己编织的偶像剧里，直到下飞机后，一个小麦肤色，毛发很重，身上带着烟草味的男生走过来，并不斯文地问她，你是黛西吗？

左天成趿扈地走在前面，黛西跟在后面。左天成边走边用北方的方言说你怎么没行李啊？黛西没回答，因为眼前这个人真的跟自己想象出来的样子落差太大。左天成说没事，你缺什么告诉我，我给你买就是了，上车吧。

左天成开着一辆没挂牌的奔驰S轿车，自己改了音响，一上车就放着没有品位的嗨曲，点上了一根烟，一只手开车一只手搭在窗外，即使这样还把车开得飞快。

黛西的心都提到了嗓子眼，眼前一阵眩晕。左天成根本没注意到黛西已经阴沉的脸，他说你晕车吧？一会儿回酒店休息一下，我爸说了让我带你四处转转，名胜古迹那些你感兴趣吗？反正我们这儿也没什么好玩的，我怕你去了也会失望。黛西说先回酒店再说吧。

在黛西眼里，左天成是典型的暴发户的孩子，她十分钟之前还在做的美梦彻底幻灭了。

黛西在酒店里度过了无聊的下午，左天成在消失了七个小时之后给她打来电话，说你下楼我带你吃饭去。黛西说不必了我在酒店吃过了，左天成说酒店有什么好吃的，来了我的地盘必须请你吃这儿最有特色的烧烤，穿衣服下楼，我带你撸串儿去。

左天成带着黛西到当地最有名的大排档撸串，一大帮朋友早就在那儿占上座了，看着左天成带着姑娘过来，开始起哄叫大嫂。左天成胳膊一挥，说别乱叫，人家是乖乖女，来旅游的，我爸安排的。

黛西见到这么多人有点拘谨，她看到有人身上有文身，有人带来的女朋友顶着爆炸头还化了烟熏妆，重点是每个人都会抽烟能喝酒。黛西心想这真的是刚出高中校门跟我同龄的人吗？

黛西生性害羞，又融不进这么社会的小圈子，自然而然地依靠起刚认识几个小时的左天成来。左天成也肩负起了一个东道主的职责，一会儿说你吃不吃辣？来一点儿吧不然不好吃。哎你们别给她倒啤酒，你喝罐可乐吧，汽水配烧烤也是最佳组合。我们聊天你插不进来吧，哎你们都跟黛西说说话别冷落了她。哎你注意着点儿这有蚊子，忘提醒你穿长裤了。黛西被蚊子叮了好几个包，加上皮肤过敏，两条洁白的大腿红肿了一片。左天成看完说卧槽，你这样不行，我也不方便给你挠，你等着。左天成起身就走，拉都拉不住，非要开车去给她买药水。黛西说你疯了你要酒驾吗？左天成说没事，我跑着去跑着回，留印儿你就嫁不出去了，白瞎了这两条腿。

去上卫生间的爆炸头女孩跟隔壁桌的男孩发生了口角，男孩很不友好地推了爆炸头一下，爆炸头炸毛了，一嗓子吼来了自己人，这时跑回来的左天成拎着酒瓶子就冲了过去，两桌人厮打，不出五分钟就见了红。

而这一切在黛西十八年的生活中，不但没经历过，就连梦都不曾梦到过。

左天成右腿被扎伤流了好多血，在医院包扎。小护士说你男朋友叫你进去。黛西进去后左天成丢过来一个塑料袋，说忙忘了，赶紧上药。小护士一边给左天成清理伤口一边说，都这时候了还要帅呢，你伤口这么深应该缝针的。左天成说我皮糙肉厚愈合得快，瞧我伤这个位置，都没法洗澡了，这大热天的。黛西说你可以让别人帮你擦洗，别冲淋浴了。小护士斜眼看了黛西一眼，黛西脸都臊到脖子根了。

走出处置室，左天成一把搂过来黛西，说你借我点儿力，我都瘸成这样了，这么没眼力见呢。哎，那帮孙子呢，怎么都没影儿了？黛西说他们在派出所录口供呢，左天成说哦，咱们现在去叫车，我先送你回酒店，然后我再去派出所接他们。左天成瘸着腿往前挪步很艰难，就在那一刻，黛西喜欢上了左天成，她觉得这个男孩虽然有些粗鲁但是爷们儿且仗义。

在出租车上，黛西盯着左天成受伤的腿看，左天成其实对这点伤特别无所谓，故意打趣她说你别往这儿看了，我多尴尬啊。你说你一小姑娘家，还当着人家面说什么擦身子。黛西狠狠地捶左天成，说这事不许你再提。左天成说好了好了，你到了，那今天先这样，明儿我安排点节目然后联系你。黛西说明天你在家好好休息吧。左天成说你不了解我，我闲不住，明儿见。

黛西回到酒店洗了个热水澡，擦掉镜子上的雾气，看着自己绯红的脸庞，还有自己都没察觉到的笑意。一夜辗转反侧，黛西不知自己是太兴奋还是太紧张，陷在酒店柔软的大床里感受到了从未体验过的温柔。

第二天左天成叫了朋友来接黛西，她专门把自己的齐肩发散开，涂了一点点无色的唇釉，对着镜子照了很久才兴奋地钻进左天成朋友的车。朋友说，今天是KTV局，成哥喝酒了不能来接你。

他受伤了还喝酒？

这点伤算什么啊，不耽误。主要是今天薇姐也在。

薇姐是谁？

薇姐？薇姐是成哥一直追的妞儿。

黛西心里酸了一下，自己终究是见识短浅没有情感经验，刚跟人见了一天就想入非非自作多情了。

黛西推开包厢的门，一眼就猜到哪个是薇姐了。漂亮。无可挑剔的漂亮，妩媚中带着英气，像极了刚出道时的张柏芝。最重要的是，左天成的眼里都是她，竟然都没察觉到黛西的到来。

左天成坐在那边傻呵呵地给薇姐点歌，薇姐台风很好，每一首都唱得跟原唱似的，尽管后来黛西才知道左天成一直开着原唱。在那种环境下，谁的声音都不重要，重要的是薇姐高兴，薇姐的笑不醉人人自醉。薇姐唱嗨了，小弟们把酒满上，薇姐一饮而尽。

黛西在薇姐身上看到了另一种人生，她热情洋溢，酣畅淋漓，虽然不是在温室里长大，却因为经历过风吹雨淋的洗礼，在风中摇曳得更加多姿多彩。她羡慕她，甚至嫉妒她，她能聚焦所有男孩的目光，她能撩动他们的心，能获得他们的爱。而自己就像是学校里的课本，乏味枯燥，又似医院里的消毒水，纵使灭菌，却没人喜欢靠近。

左天成终于看到了黛西，他说黛西我爸说今晚要好好宴请你，但我帮你推掉了，跟他吃饭特没劲，场面话能说一晚上，俗不可耐。黛西打断他说我本来就是叔叔邀请来的，不见肯定是不合适的，我回去也要跟我爸交代。

左天成愣了，因为黛西的语气坚定得不容置疑。想到她的身世背景，左天成也是不能怠慢的，于是左天成不得已解散了KTV局，带着黛西去吃场面饭。路上黛西一句话都没有说，左天成察觉到了黛西的异样，但那时的他并不知道真正的原因，只是觉得大小姐未免太过娇气，总是不喜欢他那些狐朋狗友还有灯红酒绿。

之后的几天，左天成例行公事地带着黛西逛商场和景点，把她当成父亲的重要客户在接待。如果他不找话题聊几句，黛西便一声不吭。虽然父亲一再明示左天成要“拿下”这个姑娘，但对于撸串就能快活的男孩来说，父亲的生意已经够红火了，并不需要搞什么联姻这种封建的事。

终于熬到了黛西要离开的那一天，左天成客套地说黛西你有空常来玩啊！黛西说好的，也欢迎你到上海来玩。两个人礼貌地挥手告别，就像生命中最平常的一天。两个人都是彼此的过客，可能几年后想起彼此，都是，哦，那个人啊，叫什么来着。

其实十八岁的爱慕或者厌恶都是一瞬间发生的，在充满荷尔蒙气息的那个躁动的夏天，黛西对左天成用几个小时建立起来的好感，又用几天的时间熄灭了。

而后的时间里，左天成用三年的时间追求到了薇姐，却在短暂相处一个月后发现彼此性格完全不合而迅速分手。黛西上了大学之后跟自己的学长好了一段时间，终于在毕业的时候被父亲安排相亲给一个房地产商的公子。跟左天成截然相反的是，这位公子从法国留学回来，有品位懂艺术，对黛西非常上心，订婚的钻戒是法国设计师专门为她定制的，婚纱是英国设计师花费了十个月时间赶制的，更是请了明星们御用的团队策划了浪漫的海岛婚礼。婚后黛西住进了上海最奢华的房子，三年生了两个孩子，家里阿姨多，老公不让黛西带孩子，只让她去享受生活，逛街会友下午茶，按摩spa做指甲。

黛西嘲笑她的女朋友们看韩剧，她觉得世上明码标价的东西都好买，而不要钱的东西才是最贵的。就像爱情，即使她生完两个孩子，她依然不知道爱的滋味，但是她不抱怨，因为她知道自己出生就握了一手好牌，怎么打都是人生赢家，再想要至死不渝的爱情就是她太贪心了。黛西甚至知道老公对她的宠溺不过是因为父亲位高权重且跟他家有直接的利害关系。但又有什么关系呢？婚姻不就是因为彼此制约而达到的平衡关系吗？

虽然黛西早就看透了这些，但是当她的父亲被人举报停职，她老公对她的热情甚至对回家的热情都回落后，她确实陷入到了从未有过的恐慌中。

她听说过很多高官马失前蹄的故事，但是她的父亲一向严厉刻板，甚至保证一年中一多半的时间都回家吃饭，饭菜简单朴素，家里连阿姨都没请，跟那些贪腐官员的形象天壤之别。但是父亲还是被查出问题并且以配合调查为由不许回家。黛西看到一向坚强的母亲眼里像蒙上了灰，一声不吭，照例生活，但是又不再似过往。

她知道父亲倒下了，母亲也垮了，而自己的生活好像才是最让人担心的。她的老公当着她的面公然对西餐厅里的大胸服务员妹子要电话，她掏出一千块现金给服务员当小费，让她不要理会自己的老公。她用钱买的是一个妻子在丈夫面前的尊严和威仪，但是她老公并不认为她此刻还具备。所以当一个虚伪的绅士撕掉伪善的面孔后，那些对艺术品的品鉴和精准发音的法语都变成了让人作呕的画面。

如果不是在逛街的时候再次见到左天成，黛西甚至忘记了曾经有过那么一次怦然心动，在少不更事的年纪。

左天成正在为自己挑选西装，黛西说我来帮你。黛西帮他配好领带，让左天成看起来像一个沉稳又不失活力的青年才俊。左天成说还是你品位好，在我们都张牙舞爪的年纪，你就格外亭亭玉立。黛西说十年过去了，你的口才也突飞猛进。

虽然左天成当年没有听父亲的话“拿下”黛西，却在几年后帮父亲拿下了很多块地。或许左天成继承了父亲的胆量和运气，只是几年工夫就带领父亲的团队在房地产行业杀进前十，业务也开展到了美国。黛西说时间好像在我这儿静止了，除了孩子一天天长大，橱柜里的衣服常换常新，我都感受不到生活的变化。

那说明你先生成功啊。

黛西只有苦笑。那个时候的黛西每天心里都像堵着一块石头，虽然母亲告诉她父亲的处理结果最坏就是罢免一切职务提前回家养老，但是她知道她的生活再也不会恢复以往。那些朋友们假装安慰她其实都是为了获取第一手的八卦谈资，确定黛西家沦陷了之后就相继人间蒸发了。

左天成说咱们留个电话吧，以后我再来上海就给你打电话。

黛西说好，我现在有的是时间。

黛西的一双儿女被奶奶接走了，黛西预感到她老公是想要跟她断绝关系。现在的问题不是她父亲倒下了，而是不想被她父亲牵连，所以她像一场瘟疫，就连同床共枕的人都避之不及。

她是有精神洁癖的，她知道她老公每一个加班的夜里都是在别的女人身边，甚至大概知道那个女人是谁，但是她却不能提出离婚。因为她不忍心她的母亲再受打击。

只有她继续扮演一个幸福的太太，她的父亲才不至于觉得伤到了筋骨，这总能给他们一些安慰。

左天成经常到上海出差，他们一起吃饭聊天，这成了她那一时期的全部慰藉。左天成不会没听说她父亲落马的消息，现在的黛西对左天成没有任何利用价值，可能这样他们的关系就更纯粹了，他靠近她仅仅是因为他们曾经相识。

左天成吃不惯上海菜，来上海只吃火锅，他们每次都坐在同一个位子点同样的菜，黛西发现左天成可以记住她全部的喜好，甚至小料都调得精准。黛西说后来你追上薇姐了吗？左天成大笑，说追上了，追上之后才意识到她就是个爷们儿，不适合在一起，太熟悉了，当哥们儿比较合适。哎你怎么知道薇姐的？

我们一起去过KTV。

我竟然带着你去把妹子？我太混蛋了。当初应该好好陪你玩一玩的。后来你再也没去过吧？

没有。

当初我爸想让我娶你。左天成说完爽朗地一笑，黛西也笑了。

当年我真应该听他的话……可是那年我们才十八岁。

黛西心头一紧。尽管现在快而立之年，虽然蹉跎了十年的时光，虽然现在已为人妻人母，虽然现在的生活糟乱不堪，但不可否认的是，这是她听过最暖心的情话，比任何设计师的定制款都珍贵。

左天成说，黛西，下个月我就不能来上海找你了，我要结婚了。

黛西想说不要，但是没有资格。人世间所有的情感都怕遇到生不逢时，克制会让情感更加深刻，会产生巨大的能量，呼之欲出。黛西不知道左天成是什么时候喜欢上自己的，是在她帮他挑选领带的瞬间，还是在她冒着暴雨去机场接送他的夜晚。生活最残酷的时刻就是，当它为你关上一扇门，又为你画了一扇推不开的窗。你看得到外面满园的春色，却出不去，也得不到。

在左天成消失的一个月里，黛西想到他可能永远地消失在自己的生活里了。直到他打来电话，说你愿意来北京一趟吗？薇姐做东，多少年没见了，咱们聚聚。

黛西不喜欢北方。她很少去北方城市，对于冷凛冽的北风，她有一种偏见。但是十月的北京，她还是如约而至。

薇姐嫁给了一个足球运动员，生活幸福，夫妻甜蜜，但聚少离多。因为老公常年在外面踢球，她就常年在北京组局约趴。

薇姐跟左天成吃过几次饭，听说左天成马上大婚，心里惦记的却是别的姑娘，薇姐说这事好办，我见面给你俩开导开导。其实薇姐知道他俩没戏，一个结婚在即，一个俩孩子妈。于情于理，于道德于家庭团结稳定，都是不可能的。尤其是这种有合作的婚姻关系，排位在爱情之上，所以爱情并没有那么重要。

薇姐约了三里屯附近的一家日本餐厅，黛西早到了，左天成还堵在路上。薇姐说黛西，你一点都看不出来是俩孩子妈，本来是恭维，见黛西不言语，薇姐差点抽自己嘴巴，毕竟黛西是撇开孩子来赴约的，她提这些事显得特别不雅。

薇姐说其实我觉得爱情吧，谁说只能发生在二十啷当岁，那结完婚之后缘分到了，这谁也挡不住啊。你看《廊桥遗梦》，对不对，经典电影，爱情是美好的，是值得歌颂的，不能批判。黛西说薇姐，《廊桥遗梦》是为了家庭放弃了爱情，你看过没？薇姐说是吗？那我粗浅了，就看了个开头。这不重要，重要的是你跟左天成早早就认识，比你先生都早，也不算你婚后出轨，哎，我就想说你们俩早干什么去了？

黛西说薇姐，早些时候，他一直追你来着。薇姐说这嗑唠不下去了，我把天儿聊死了。虽然咱俩当年只有一面之缘，这么多年没见了，我看到你就感觉自己回到了小时候。那时候玩命让自己变成熟，出租车司机把我说大两岁我都美得没边儿，现在是谁猜对了我真实年纪我都得连着一星期去美容院。瞧见我这眼睛这边的瘀青没？刮痧刮的，跟家暴了似的，没辙，失眠，一熬就把天熬亮了，黑眼圈严重。

黛西说薇姐你对自己要求太高了，你还是那么漂亮。

漂亮也就是有用那几年，心里还是虚的。

薇姐哪里虚啊？整点大腰子补补。

左天成风尘仆仆地赶到，看到黛西特别开心。

薇姐我让你安排个有情调的餐馆，你咋弄这么一个地方，还得跪着。那日本人跪着是给我们谢罪，我们跪着干什么？国歌怎么唱的，让我们起来！

那你就起来，蹲着吃！

瞧见了吗黛西，我当年绝对是眼瞎了才追她。

薇姐一边数落左天成，一边提起陈年往事，三个人就真的像老朋友叙旧，时光穿梭回了十八岁的年纪，在那个无忧无虑可以随意做梦的夏天，又拽又酷的左天成甩手走在前面，黛西一脸不悦地跟在后面。多年后再次想起来，好像一对闹别扭的小情侣。好像相爱的人都要从相杀开始。

饭后，左天成问薇姐安排了什么节目，薇姐说咱们唱歌去。左天成说就你那破锣嗓子，当年我放的都是原唱。跟我走吧，咱们去个灯红酒绿的地方，用不着你们唱。

左天成开车带着大家去了东四环一家比较私密的会所，都是熟人介绍过来，不会对外开放。左天成叫了两个顺眼的姑娘进来一起玩游戏，姑娘们游戏套路多，跪在他们面前一点儿不羞不臊，非常有职业道德，歌唱得也好，非常放得开。只是游戏太快，酒喝得太多，一会儿黛西就招架不住了。

薇姐说左天成，你是不是见天儿在这种场合玩啊？

左天成说，我是陪客户玩，从来没带女孩们来过，这不今天让你们来开开眼。跪着的姑娘说，姐，我们这儿小伙子都很帅的。左天成哈哈一笑，出门就叫了一排进来，说黛西不许挑，薇姐随便挑。薇姐说谢谢啊，你们先出去歇会儿，我还能自食其力。黛西晕晕的，笑而不语。

薇姐搂着左天成说，你是不是故意要把黛西灌醉啊？左天成说薇姐，喝醉了好，喝醉了我们都不用克制，就没那么痛苦了。

薇姐其实挺感动的，觉得他们俩太不容易了，想在一起太难了，在一起的时间太短了，薇姐说去他妈的婚姻，都是坟墓，你们就爱了能怎么着。姑娘，去给姐点首歌，我要唱《爱了就爱了》！薇姐唱完有点上头，说不早了，咱们散了吧，你们俩也早点休息，抓紧时间，抓紧机会。

黛西说薇姐，你是我们的朋友才这么说的吧？

薇姐说不是，现在都什么年代了，大家思想都很开放的，很活分的。

左天成在楼上开了房，让薇姐也住一间，薇姐说不了，我这人恋自己的床，回家睡得舒坦。一边说着，一边踉跄地往外走，正撞见她老公搂着一个妹子要上楼。薇姐一下子就酒醒了，早年也是在江湖上人人肃然起敬的薇姐，没想到奔三的年纪，还要跟女人撕×。薇姐上去一个勾拳，直接打在妹子的下巴上，紧接着一拳直接怼在鼻梁子上。她老公反应过来，拦住薇姐，此时薇姐已经拽住妹子的头发，拎着往地上摔，妹子倒地，薇姐朝着胸部两脚，齐活了。

薇姐说现在打架也容易了，都是假的，哪有自己的真材实料那么扛造。收拾完那妹子，薇姐跟她老公说，怎么着，谈谈吧。薇姐的态度再也不是不冷不热，思想也不开放活分了，她开始跟她老公谈婚姻的意义，自己的奉献以及家庭责任感，原配好，小三烂，句句都戳黛西的心窝子。

左天成说，他们两口子的事情让他们自己解决吧，早点休息。

黛西跟左天成回了房间。两个人静默地相对，左天成拥抱了黛西。在月光下，在深秋微冷的空气里，在异乡微醺的午夜，在自己喜欢的男人的怀抱里，黛西很想什么都不管不顾，让他温暖自己冰冷的心，让他抚慰自己这么久来已僵硬的身体，让他点燃自己余生的希望。但是左天成只是抱着她，抱了很久，没有其他的动作，让她刚被撩起来的情绪渐渐降温。她终于明白，对于自己，左天成即使再动心，也不敢向前迈一步。

那一夜，他们在一张床上，相安无事地睡着了。黛西知道，这一晚，是她跟这个男人最近的距离，也是最后的告别。

天刚亮，黛西就起床离开了会所，像是仓皇逃走，因为她不知该如何面对左天成，就像是偷情的男女，见不得光。

早点摊在地铁口支起来，冒着热气，上班的男男女女匆匆走过，一身朝气。谁知道他们昨夜是不是经历了失眠，背叛，绝望，甚至要逃离。日子总归要继续。她走到领事馆的街区，梧桐树的落叶铺满了地面，衬着石墙和洗净的蓝天。

再见了，左天成。那些刻在脑海里的记忆总是能配上特别的天气，就像他们分别的这一天，没有倾盆大雨，没有海誓山盟，没有虚情假意，就在这深秋的天气里，悄悄地冻结了他们内心的欲望。就像当年他们的分别，干脆利落，不留痕迹。

虽然她知道她老公并不会查岗，但她还是选择了不会延误不用关机的高铁。窗外的风景从萧瑟的北方深秋变成南方淅沥阴冷的雨，打在她的巴宝莉风衣上，钻进了她的心里。

她不知道那一天左天成起床后看到自己已离开是什么心情，其实男人永远不会知道动过情的女人想要遏制住自己的情绪需要多大的控制力。女人天生不会理智，都是在现实前面一点点冷漠起来。

她回到家，问阿姨先生回来过没有。阿姨摇头。她说今年的秋天好冷啊，她喝了热的奶茶，又吃了高热量的食物，但饱腹感没有填补她心里的空位。那一晚她感冒了，发烧到几近昏迷，她心里钻心刺骨地想念左天成。她很担心她的先生这个时候回家，因为她觉得自己眼里流出的泪，身体蒸发出的汗和她难受的哼哼唧唧，好像都写着左天成的名字。

在气若游丝地折腾了三天之后，黛西像经历了一场浩劫，却变得无坚不摧。她给她老公打电话，说你有空回来一下，在离婚协议上签个字。

她知道左天成已经回到未婚妻身边开始筹备隆重的婚礼，她知道自己扮演的角色就像是那一晚薇姐暴打的那个妹子。对于任何一种条件下促成的婚姻，即使婚前达成了协议和共识，即使两个人之间没有了爱，其中一方的背叛也会让另一方抓狂。而她老公身边的那些妹子，只是隐身而已，其实一直掐着她的喉咙，让她不能顺畅地呼吸。

她老公回到家，说你这是演哪出？黛西说在我看来，婚姻就是一纸合同，咱俩是合作关系，要有契约精神的。现在我想毁约，必然不全是我的问题，是因为跟你合作不愉快。遇到不懂自己的甲方，再努力也进行不下去了。

她老公说你知道你现在跟我离婚，你就完了吗？你知道这么多天我在干什么吗？我在帮你爸疏通关系。他这个位子太多人觊觎，这次是被人顶下来的，是北方一个跟你爸还有点交情的开发商，叫左天成。

黛西那一刻如果不是坐在沙发上，一定会瘫软在地上。黛西想起左天成出现的时机，想起左天成对自己每一个深情又似乎透露着怜悯的眼神，到底有几分是真心。黛西的精神世界坍塌了，她的眼窝深陷，像极了经历大病的枯瘦老人。

她不会知道左天成那天醒来没有看到她，知道一切都结束了。他赶回家要取消婚礼，可是眼前的女孩什么都没做错，她刚刚熨烫好他的西服，送了他一款跟黛西挑选的一样的领带。女孩说，婚礼那天穿这一身怎么样？或许是那一刻左天成意识到并没有谁是独一无二的，或许是他的内心早就做好了决定。

左天成如期举行了婚礼。

黛西在离婚协议上签下了自己的名字。

有些人生，在一开始就是注定的。

黛西想用一年的时间走走停停。这一站到了丽江。

纪录片的导演站在她的面前。黛西定睛看着他说，你知道人心是最复杂的，爱却是最纯粹的，所以爱如果走了心，很少会赢。

孤岛酒馆里有很多客人，怀揣各自的心事，扮演着不同的角色，激发人性不同的光辉。有时候说得太浅，不够深刻，聊得太深，又像是妄自菲薄。我们都像是在孤岛上行进的路人，希望在黑暗中看到灯塔，指引我们余生的方向。但是那救命的光源，或许只是别人身上的手电筒，随时会熄灭。只有心里发光，才能照亮前行的路。这一杯酒，我们敬自己。

C大调小姐

注意到C小姐是因为她走到麦克前，唱了一首时下流行的歌曲，完成度很高，吸引了众人的目光。C小姐显然是得意的，曲毕，她目不斜视地回到了自己的座位，享受着别人的注视和讨论，淡定自若。

C小姐皮相不赖，皮肤肯定是定期保养过的，白得发亮，体重肯定经过了严格的控制，即使坐着小腹也没有松懈。品味也不差，一颗净度很高的祖母绿在她修长的颈部恰到好处地提升了整体的气质，没有硕大logo的名牌包又衬得整个人非常低调。

喜欢八卦的客人问阅人无数的老板娘，猜，这姑娘什么身世。

她的眼神暴露了她的年龄。你知道眼神是永远没办法说谎的，她眼里有不容易被人察觉的疲惫，像是望穿秋水却依然没等来爱人的悲凉。所以她的实际年龄应该在三十出头。虽然她名牌傍身，但是仔细看你会发觉，她的衣服都是基本款，不容易过时却要强撑场面，说明她的个人欲望远大于她的物质能力。打个比方你就知道了，大牌的基本款在买房的概念里相当于刚需，连改善都算不上，运气好的话离豪宅还有一代人的距离。这一代人指的是，要么是她父母给她创造，要么是找一个跟她父母年龄相仿的人赏赐于她。

老板娘对C小姐的评价显然刻薄了一些。那是因为几天前C小姐和一个男人来过孤岛酒馆。而今天，那个男人也在，身边是另外一个女人，女人脸上大写着正室二字，全身上下散发出本宫不死，尔等永远是妃的威严。C小姐这一曲显然是挑衅，男人已经坐不稳了，正室却没有要走的意思。因为正室来到这里或许就是想教育C小姐一下，有她在的地方，任何人即使再扑腾，也会像鬼魂一样见不得光。

老板娘坐在C小姐对面，挡住了C小姐对男人灼灼的目光。

对不起，这里有人。

他不会过来的。

C小姐一惊，是她让你过来的吗?

不是。我只是觉得你一个人坐在这里，就像想要体面的人却只有一小块遮羞的布，总是有些不雅。我来帮你遮挡一下。

C小姐的脸腾一下红了，拿过酒杯，将一整杯“玛格丽特”一饮而尽。

C小姐来自北方小城，少年时家境富裕，父亲开了一家饭店，晚上摆夜市烧烤摊，月入两万不成问题。这笔钱在小城里已是不菲的收入，父亲赶时髦送女儿学了音乐。

但是生活永远就是当你已经展开想象，一年二十多万十年二百多万，一年换房两年换车三年换大房子四年换豪车的时候，天上的面粉用完了，掉的不再是馅饼而是砖头，拍在你的头上告诉你，醒醒吧，你只是把你一生中该赚的钱集中赚完了，好日子眨眼就到头了。

C小姐家的饭店服务员勾引了她的父亲，她的父亲被钱冲昏了头脑，认为自己够格配小蜜了，然后母亲大闹，分家，饭店黄了。而后再开别处，却没了运气，生意被人拱了。这时C小姐的父母才发现，这几年一直在挥霍，还没来得及好好攒钱。

但是C小姐的音乐路已经开启，并且奔着艺术类大学挺进。父亲回归家庭，砸锅卖铁也要供出一个艺术家来。C小姐拜了几个老师，从家乡小地方学到大城市，从艺校老师学到留洋归来的教授，从几十块钱一节课到几千块一个小时，从女中音唱到了女高音，C小姐依然没有成为艺术家，而她也心疼已经不可能再咸鱼翻身的父母每天还要为了她去做那些靠体力赚钱的小生意，她决定先工作，梦想搁置一边。她听人说做编导三个月就可以速成，于是报了培训班，虽然只是学了一些皮毛，但是文化产业蓬勃发展，传媒公司遍地开花，她很快找到了工作。

C小姐忐忑地来到公司，正巧碰到一个男人走出来。

您好，我是来面试的。

男人直接开了旁边会议室的灯，进来坐吧。

男人清瘦干练，鼻梁端正挺拔，声音性感又有磁性。在聊了一些对时下新闻的看法后，她从男人的脸上没有读出任何她想获取的讯息。是满意还是不满意？不应该说这么多，显然乱了手脚。

你很有灵气，但是缺少经验。你告诉我你想从这份工作中获得什么？

她想了想，希望可以实现自我价值吧。这是一句废话，但是好像面试里很需要这样的废话。因为标准答案总是无懈可击。

男人礼貌性地笑了一下，欢迎你。

男人伸出了手。C小姐在此之前从来没有这么正式地跟人握过手，在接触到那双修长的手的刹那，她竟然过电一般，麻酥酥的电流让心头一紧。那是初中跟自己心仪的男同学第一次牵手才有的感觉，她竟然在面试的时候对自己的新同事想入非非了。

你是满族人吗？

是。你怎么知道？

你长得还是有满族人的特质的。

满族人有什么特别吗？

男人只是笑了笑，没再说什么。不得不承认，他的笑特别好看，如果出镜，也会是一个有观众缘的主持人，“微笑杀”，专“杀”中老年妇女。

她入职了，并不是做编导工作，而是做外联。简单地说就是帮公司联系业务，其实就是听从指令接打电话。面试她的那个男人名叫Dick，是有名的电台主持人，也是这家公司的老板。

C小姐很少听广播看电视，都是在网络上追剧，除了热门综艺节目，对主持人鲜少了解。Dick主持着一档电台黄金时段很有名的脱口秀节目，这两年也常往电视台走动，用公司小姑娘的话说，要在收音机里老去多可惜啊。

为了了解自己的老板，熟悉公司的业务，C小姐在网上找来往期的节目听，发现Dick幽默睿智，不像生活中这样沉稳少言。

你笑什么呢？

C小姐看见Dick走过来，赶紧摘掉耳机。对不起，听你的节目情不自禁。

会开车吗？

哦！

哦是什么，会还是不会？

不会。

为什么不学？

学了，考了八次都没过，我妈不让我再考了。说这是老天爷不让学，学会了也要出事的。

没事了。

Dick转身后，C小姐隐约闻到了酒味。Dick或许是想让她帮忙代驾吧。

Dick为了进军电视台，自己找了投资和节目制作团队，准备上一档综艺节目。公司里的人都忙了起来，C小姐也帮着协调和嘉宾约日期，没日没夜地忙活起来。第一次带观众录制，C小姐没有明确分工，就在舞台边傻愣着，Dick串完词下来，C小姐才发现自己坐了他休息的椅子，赶忙起身，被Dick按住肩膀。Dick从别处拎了一把椅子，自己静静地坐在那里看手卡。舞台边只有他们两个人，C小姐有些局促，她没办法控制，自己又想入非非了。他到底是对自己有格外关怀的，但是他坐在那边头也不抬，还是自己太自作多情了。C小姐抱怨自己单身太久，才会这样被男人份额外的温暖搞得头晕眼花。

上一个男朋友还是中学时的同学，曾经爱C小姐爱到骨子里，却因为她自己太作而分手。而她作的理由，是因为最疼爱她的父亲爱上了别的女人，而最让她炸裂的是他竟然给那个女人的孩子买像样的礼物尽父亲的权利。跟陌生人分享父爱，比二女同侍一夫还要让人不堪，因为她身上流着他的血，他却去呵护另一个男人的血。她变本加厉地回应在她那份稚嫩得摇摇欲坠的爱情里。而当那个男人离她而去，就像受了诅咒一样，她再没有遇到一个好的男人，即使她认为她已经整理好了心情要好好完成一次恋爱。

有很多人向她示爱，她却在男人离开她身体的刹那，明白这些人不过是为了约一个炮，她却以为要约一生。直到她那国外归来的五十多岁的教授在她喝醉后扑到她的身上，看着一个中老年男人松弛的皮肤和在澡堂子里泡得泛白的肉欲，她却无力反抗，从那之后她才清醒地明白要保护好自己。

她不认为自己是一个坏的姑娘，她只是想找个人好好谈一场恋爱。但是现在什么都太快了，人们失去了耐心，不愿花时间去猜姑娘的心思，不愿费时间去追一个女孩，示爱的同时手就在身体上游走了。这让人很失望，那些爱情电影经久不衰的原因，或许就是弥补了女人这一部分的幻想吧。

袖扣过紧，Dick把手表摘下递给C小姐，帮我拿着。

C小姐接过来，还带着他的温度，还有他身上淡淡的香水味道。她竟然觉得有些幸福，录完节目他总要把手表要回去的，那时候她要说点什么呢？

录完节目，Dick下了舞台径直回了化妆间，因为中间嘉宾耽误了时间，他要赶时间去录电台的直播。C小姐拿着手表追到化妆间，化妆师说他刚走，她又奔跑着追去停车场。一辆车在她身侧急刹住，她扭头看见是Dick。Dick惊魂未定，摆手示意她上车。

你找我？

C小姐拿出手表的刹那，发现仅仅是一只手表而已，她并没有非得来找他的理由。

Dick一边开车一边戴上手表。我来不及了。

那你坐地铁去吧。

车怎么办？

你停在路边，我帮你看着。

Dick被她逗乐了，却也没有更好的办法。Dick把车钥匙扔给C小姐，不要开空调睡觉，饿了就到附近找点吃的，如果被拖车不要跟他们争吵，别把人拖走了就好。

放心我，快走吧。

按照Dick的嘱咐，C小姐在附近买了快餐，赶在节目开播前回到车里，听到Dick准时跟大家问好，自己也跟着松了一口气。她觉得好神奇，这个男人刚刚在这里跟自己分别，现在就出现在电台里，轻松地跟听众开着玩笑，好像他一整天都在直播间里上班，只是在节目时间里打开了麦克。而这样一个男人，一会儿下了节目还会回到她的身边。

她仔细清理了座位，在后视镜里看到自己的妆已经花了，她跑去附近商场的化妆品柜台补妆，又担心车被人贴条，不断点开手机查看时间。就像每一次淡定的直播，背后是别人不知道的局促。

生活就是让别人看到怡然自得的那一面，但是背后的杂乱不堪总是没有人愿意去说。

C小姐急匆匆赶了回来，半靠在座椅上装睡。Dick轻轻地敲打车窗，C小姐从梦中醒来，打开门，Dick抱歉让她等了这么久。

你还没吃饭吧？

我不饿。

我知道有家火锅不错，就在附近。

那一年流行吃四川火锅。但是他带她去了一家澳门火锅店。

是为了保护嗓子吗?

Dick笑了，人要是活得这么小心翼翼，还有什么乐趣?

C小姐也笑了，是啊，自己唱歌这么多年，也从来没考虑过吃辣和抽烟的问题。问出这种蠢问题，可能实在是怕气氛尴尬，毕竟Dick私下不算是个健谈的人。

Dick在手机上处理事务，C小姐注意到前面一桌是某男星的前妻和她的现任丈夫。前妻也是一名演员，三线外，但因为蹭了她前夫的曝光率，也算是混了个脸熟和热搜。她的妆化得很浓，就像一只骄傲的孔雀，抻长了脖子希望在人群中受到瞩目。

Dick放下手机，看见C小姐盯着前方出神，回头扫了一眼。

别八卦了，吃肉吧。

Dick顺手夹了一筷子肉放进C小姐的盘里，看见她调的四川香油料，笑了。

尝尝我调的料。

C小姐的心柔软了一下，整顿饭都吃得很矜持，没几筷子就说自己饱了。

Dick说那你陪我吃完。

Dick吃东西慢条斯理，完全没因有人等待而乱了阵脚。

让C小姐感慨的是一个男人吃饭也可以吃得这么让人赏心悦目。她偷偷观察着他，其实他不算帅的，单眼皮，嘴唇也很薄，但是他的毛发很浓密，睫毛像婴儿一样又长又直，胡楂的青色也重，又因为整个人打理得干净得体，显得特别性感。

C小姐想到这儿，脸上火辣辣的，赶紧挪开了视线。

Dick吃好了，买单的时候，服务员礼貌地赞美，你女朋友真漂亮。

Dick没有解释，只是礼貌地说，谢谢。

回到车里，Dick启动好车，开出了车库。

C小姐一番挣扎，决定开口问他去哪儿，她不想让他觉得自己轻浮，这么容易被带走。

没想到Dick先一步，问她住在哪里。

我送你回家。

我住在二环，你顺路吗？

我也没那么早睡。

Dick打开广播听晚间的节目，像是在审查节目一般，不时笑一下或者皱着眉头感慨两句。

没多久，就到了C小姐的家，是一个人口密集的社区。C小姐说我就在这儿下吧，不然车很难出来。

好。今天辛苦你，晚上算你加班，明天休息一天吧。

一句话把C小姐一晚上的梦击碎了。他们又恢复了上下级的关系。是啊，他是自己的老板，她做这一切都应当应分，在她眼里幸福的小事，在他眼里不过是好员工为自己的老板加班。

C小姐跟老板告了别，一路往自己那个四人合租的屋子里走。就像是一个灰姑娘，过了十二点就要回到自己的世界，连去卫生间都要排队，连跟自己住一个屋檐下的人的名字和职业都不知道。这样不体面的生活，她竟然想着那样体面的一个人会被自己吸引。她用卸妆水卸了妆，露出一张惨白的脸，如果不是眼下的细纹，她不会想起自己已经二十七岁了。

休息的一天，她没有出门，窝在家里叫外卖看电视剧，她不能让自己停下来，她想要麻痹自己，直到马桶里一股男人的骚味扑面而来。尽管是合租，但都是女生，一定是谁把男人带回家里了。果不其然，门口有男人的鞋子。她像侦探一样仔细观察每个房间的动静，她以为她会冲进去好好教育他们一番，但事实是，她带着满腔的怒火窝回了床上。她跟自己讲，总不能像个没有男人的怨妇一样，还是要活得有些姿态。所以那些在朋友圈刷屏说经济独立不需要爱情的大龄剩女，真的有点此地无银的意味。

如果不是真的在意，谁会愿意聊这样悲惨的话题。

再次上班，C小姐发现自己的座位已经有人了。C小姐有点发蒙，回头看见Dick，Dick说，你跟我来。

Dick安排C小姐进了节目制作部。你转正了，先跟他们学习几期，看看怎么做节目。工资你有什么要求吗？

C小姐不敢提要求。

Dick笑了，薄薄的嘴唇笑起来很有魅力。因为他平日严肃又有些冷酷，像极了天蝎座的男人，温柔起来更是让人无力抗拒。C小姐刚在内心筑起来的高高堡垒又崩塌了。

转正后她的工资够她换一个条件稍好一些的合租

房，但是她没有这样做，她决定把钱都投资在自己身上。要求居住品质是有钱人的奢侈，在没有钱的时候总要先分清主次。是先买那支贵妇口红还是先买那件衣服，C小姐不禁感慨，那些用高端货的不全是贵妇，准确地说，是所有想成为贵妇的女人。

在没有名牌包之前，她很少背包。有时她恨自己的虚荣心，但是她没办法，一个一直受穷的人很少滋长出虚荣心，反而是她这样见过几年世面的曾经也是挥金如土的姑娘，即使老天爷拿走了钱，却滋长出了一颗不愿受穷的心。所以她一直认为比爱过更伤人的词就是富过。

C小姐没有具体的工作，但她并不清闲，她就像一个替补队员，任何比她先进公司的人都有资格来要求她。她很勤奋，大家亲切地称呼她为“Super替”。

这段时间Dick很少出现，直到下一次节目录制。Dick又坐到了C小姐的身边。因为已经熟悉了节目流程，Dick没有一直埋头看手卡，在节目间歇也跟C小姐聊了几句。

他说，我发现我竟然没有你的微信。

啊，是啊……您有事找我吗？

嗯，后来找别人办好了。

说谎。C小姐心里想，即使没有微信，你有我的电话。什么工作是只能微信说的？

这时导播说Dick的衣服装饰反光，要旁边的工作人员帮忙取下来。舞台边光线昏暗，C小姐必须贴得很近，内心的紧张情绪作祟，她反而不敢大方地去触碰，一切都小心翼翼。她屏住了呼吸，眼神扫到Dick，他正柔情地低头看着她，她的手像过电了一样，却坚持机械地动着。她感谢昏暗的光线，让他看不到自己窘迫的脸。

Dick再次上场的时候，C小姐手里攥着那个反光的配饰在舞台边看着那个站在舞台中央的男人，那个全场人都在注视着的男人。她不知道是不是自己的虚荣心又在作祟，他的温存点燃了她的欲望。她想抓住他，她想获得他的爱。或许恋爱最美好的时刻就是猜对方心思的时光，那种焦灼的等待，那种获得暗示的欣喜，那种想入非非的美好，当然还有耐心耗尽的气急败坏。

Dick加了她的微信。当晚，Dick发来信息说，晚上大家一起聚餐。你想吃什么？

我都可以啊，看大家。

订你喜欢吃的餐厅就好。

当晚，Dick很自然地坐到了C小姐身边，感谢大家的付出，因为第一期节目收视率不错，Dick很开心。C小姐也很开心，整晚Dick没怎么跟她说过话，或许是为了刻意避嫌，又或许是欲擒故纵。

为了确定自己的想法，C小姐整晚兴致不高，如果Dick有仔细观察，一定能够察觉。

果不其然，Dick发来信息，没事吧?

C小姐看到Dick在跟有些喝高了的导演贴着耳朵聊天。

C小姐简单回了一句，有点着凉。

五分钟后，Dick回复，我找司机先送你回家吧。

不用，我自己叫车好了。

C小姐这出戏码是为了给Dick机会关心自己，但是两个人又没熟到那种程度，一番礼让后，C小姐只能自己圆场，早早离席叫车回了家。

C小姐满心以为Dick会在聚餐结束后给自己发个信息或者道个晚安，但是Dick没有。她一直等到午夜，她猜想Dick或许喝多了或者怕影响了她休息，但是直到第二天结束，她也没等来任何询问的信息。

C小姐确实有些失落。第一，因为心里小鹿乱撞加上精神亢奋等信息，一夜没睡好，她确实有些着凉了；第二，虽然她不喜欢男人直奔高潮，但是她也不喜欢他的若即若离。

C小姐故意从同事口中打探那晚Dick的情况。大家不久就散了，他从不喝酒，至于他的情感状态，一直讳莫如深。一个女同事说，像他这样不缺钱不缺光环的男人，能缺女人吗？这句话直接刺痛了C小姐，就像别人拿针刺穿了她的骨髓。她反复翻看那天的聊天记录，好像脱离了那天的环境，对话也变得非常苍白，是不是自己一直会错意。

就在这时，她发现了一件微妙的事。Dick用来加她的微信号，并不是他平时跟同事们交流工作的号。头像名称都不一样，很显然，加她的号是他的私人号，他的区别对待，证实了C小姐的猜想。那么他这样消失，真的只是因为忙吗？

C小姐对Dick的神秘和克制着迷，她无处发泄，晚上直奔刺青店，文了一个自己名字的图腾在后背脊骨上。她不肯敷麻药，她希望借助外力帮她解开内心的结，或许疼痛完整个人就脱胎换骨，舒展了。但是她没想到的是，文身真的太痛了，尤其伴随那电击的声音，不一会儿她就痛得全身发抖。文身师说你太紧张了，紧张就会渗血，你现在出血很多。

身体太真实了，完全遮掩不住内心的恐惧。她大口呼吸着，很快就手指麻木发凉。文身师看到她的过激反应不得不停了下来，给了她一些巧克力。

痛吗？

嗯。C小姐缓过来一点儿，看见镜子里自己的脸都紧张肿了。

没有失恋痛。文身师点了根烟，递给C小姐。

失恋了？

没有。

那为什么，找罪受。

是啊，自己为什么要找罪受。只是基于对自己老板的意淫？我一定是疯了。

还文吗？

C小姐在镜子中照着后背的半成品，文一半我怎么见人啊，是死是活都要文完。来吧。

终于文完了轮廓，文身师说，你要是还能扛得住，我就要上色了，其实你这两边的翅膀不上色也行。

不行，没有色彩就飞不起来。

C小姐说完就后悔了，她没想过上色会这么疼，这时手机的微信响了。她不能动，她猜想或许是Dick，脑补了各种可能发生的对话后，文身告成了。

文完那一刻真的神清气爽，C小姐抓过手机来，看到支撑她熬过疼痛的不过是一个高中同学发来的微信清人消息。此时的C小姐不知道哪里来的混不吝的勇气，爱谁谁，不跟你玩暧昧了。她发微信给Dick，你在哪儿？她想当面跟Dick挑明了。但是她错估了自己。

她打车赶到电台的时候，Dick刚从台里开完会出来，看见她以为有什么急事。C小姐却开不了口，她想到刚才后背承受的疼痛，突然鼻子一酸，觉得委屈。

Dick等不及她开口，问了一句，你吃饭了吗？

嗯。

愿意再陪我吃一口吗？我真的饿坏了。

Dick口味清淡，选了家粤菜馆子，从上了菜就一直专注地在吃。他真的饿坏了，或许他真的有这么忙吧。只有自己每天无所事事才会瞎折腾，C小姐觉得自己不吃不喝坐在Dick对面，开不了口又走不掉，十足像个笑话。

至少喝点奶茶。

Dick吃完，望着C小姐，眼里又是让人沦陷的深情。

你还不愿意说你为什么来找我吗？

C小姐摇了摇头。Dick又露出了那种温柔的充满怜爱的笑容，那我送你回家吧。

晚上并不堵车，Dick很快就开到了C小姐家楼下。C小姐没有急着下车，Dick也没有着急走。两个人就在路灯下，沉默了一首歌的时间。

C小姐想，按照电影里的桥段，她应该邀请他上楼喝点东西，可是她没有办法开口，那些合租的室友会打碎一切浪漫。尽管他应该猜到她的经济实力并不能过体面的日子，但是她也不想把生活艰难不堪的那一面展露出来，好像自己是超市里的打折商品一样，那样的她不配拥有他。但是就这样走了，她也不甘心。

下周我要去上海主持一个活动。

啊……挺好的。C小姐的大脑短路了，不知道该怎么回答。

你可以一起过去。

哦，好。

那你早点休息吧。

嗯。

C小姐一路小跑回到家，她听见自己心脏扑通扑通的声音。她钻回自己的屋子，对着镜子审视后背的新文身。她答应过母亲，即使穿再多的耳洞都绝不会文身，但是她食言了。或许文身是叛逆、特立独行、自由浪漫甚至文艺的标志，就像早早种在她内心的种子，只是需要一个契机，在后背张开斑斓的翅膀。

跟Dick飞到上海，忙了一整天的发布会，晚上又陪同企业领导吃了桌饭。虽然Dick始终没向任何人介绍她的身份，但是大家都很尊敬她，企业负责对接的人员也是向她询问了Dick的饮食喜好才安排了晚餐。

晚上C小姐先回到酒店，Dick被叫去跟更大的领导单独会面，听对接的人说Dick好像在这个企业里也有股份。他比她想象中还要强大和能干。

临近十一点，她收到Dick的信息，睡了吗？

没。

开门。

C小姐迅速跑到卫生间扑了层粉，转身开了门。

Dick径直走进来，坐在窗边的沙发上。

是不是你让他们准备海鲜的？

是啊。他们问我你喜欢吃什么，我想了想，海鲜谁不喜欢吃。

我海鲜过敏。

啊？那你怎么不早说。你还好吧？C小姐赶紧凑过去，局促地站在Dick跟前不知所措。

没什么，就是有点发热，睡一晚上就好了。

C小姐想去摸Dick的头，手悬在半空还在犹豫，被Dick一把拽过去，整个人滑进了他的怀里。他的身体确实发烫，她娇羞地低着头，能够闻见他身上淡淡的古龙水的味道。Dick把手伸进她的长发，托住她的头向耳边吻了下去，很快C小姐就招架不住，彻底沉沦了。

Dick抱着C小姐上了床，她宽松的睡衣下露出了半个香肩。在昏暗的台灯下，C小姐尽量让此时的自己更加迷人。Dick很温柔，即使在床上也很绅士，他并不是拿女人发泄欲望，不急不缓，甚至技术都很过硬。事后许久，C小姐搂着Dick的脖子不肯松手，贪婪地嗅着他身上的味道，娇嗔地咬着他。

Dick给了她一个深深的吻，这一吻让C小姐澎湃起来，标致的胸脯起伏不已。她的情感克制了太久，她从未如此想要拥有一个男人，甚至在梦里意淫了无数遍。C小姐爬到Dick的身上占据了主动，像一只小野猫，对Dick欲罢不能，她要宣泄这份情感，要宣泄得淋漓尽致。

两个人终于累瘫在床上。

C小姐眯着眼睛微笑着看Dick。

你坏笑什么呢?

别怕。

去洗澡吧。

不，我想睡觉。

去冲一下。

Dick双手撑起来，C小姐搂着他的脖子跟着坐了起来。

你不用动，我抱着你过去。

Dick把C小姐的双腿抬到腰间，C小姐像挂在他身上的树袋熊，一路到了浴缸里。Dick放好水，温柔地往她身上撩水。这样温柔的调情和抚慰，在一个男人刚刚筋疲力尽后实在难得。

他看见了她后背的文身，已经结痂，洗澡水一泡，结痂脱落，颜色看上去更加明艳。

你刚文的？

嗯。

你找我那天？

嗯。

Dick凑近她的耳朵，为我文的？

C小姐没有说话，因为Dick开始急促地抚摸她的身体，亲吻她的后背。又重新缠绵了一次。事后，Dick温柔地说，我喜欢这个文身。

C小姐这一觉睡得很沉很香，醒来时Dick已经穿好正装。今天上午还有一个活动。你中午再起吧，一起吃个午饭，下午回去。

Dick送过来一吻就出门了。C小姐抻着慵懒的身体，光脚走到镜前欣赏自己，回味着昨晚的每一个细节。还有三个小时，她要精细地慢慢地化个漂亮的妆，甚至还有时间去选购一件漂亮的洋装。她要让他觉得她值得一切最美好的。

中午她的出现确实让他眼前一亮，但是在众人齐聚的场合，她的打扮确实有些招摇了，并不像一个普通的助理，这让他多少有些尴尬。毕竟他也是公众人物，并且他从来没说要公开他们的关系。中午又是桌饭，C小姐为了避免口舌，先回去收拾行李了。

临走前Dick过来从背后搂住她，在她耳边咬了一下。

你今天真漂亮，让我忍不住还想把你按倒。

我还以为你生气了呢。

在他们面前，还是要注意一下。

我知道的。那公司里呢？

你觉得呢？

哦，我知道了。

不许不开心。

Dick在她的鼻梁上刮了一下，这是一种让小女人都无法抗拒的怜爱。如果他不是情场老手，那么他一定是动了真情。

Dick和C小姐保持着地下情侣的关系，Dick帮C小姐在公司附近租了一套公寓，他没有跟她同居，而是偶尔去她那里过夜。

温存后C小姐经常想留他在身边，但是他总是有很多事要忙，他总是让她要乖。其实C小姐不是没怀疑过，但是他的爱太深沉，他平时又寡言，她不相信他还可以分这样的爱给别的女人。

她已经习惯了在舞台口注视台上的他，有时他会朝她一瞥，满怀爱意，是只有他们俩才懂的暗号。有时闹别扭，她会故意不理他，看他在人前着急的样子。他发信息不回，叫她的名字，她假装没听见，直到同事说，老板叫你。有的同事看出了端倪，笑而不语，心照不宣。Dick会趁没人的时候掐她的屁股，警告她不要再淘气。她很享受这样的游戏。有时在广播里听着他的节目，手机却收到他发来的信息。

不是在直播?

是。

那还发信息?

想你。

他确实很宠她。他知道她原来是学音乐的，最喜欢的歌手来开演唱会，一票难求，他不但买到了票，还找了关系，请歌手演唱会结束返场时唱她最喜欢的那首歌。然后他故意跟她打赌，让她输了一个月的不许发脾气。

冬天她想泡温泉，他包下城边一个温泉度假村，只跟她饮酒当歌。她想看草原，他连夜开车奔塞北，在静谧的大草原上，只听风声马声，只看日落星辰。他们疯狂地做爱，在床上，在水下，在车里。

有了Dick的爱，C小姐走在街上都是骄傲的。她不知道哪个跟她擦身而过的姑娘就是Dick的粉丝，她恨不得全天下都知道她是Dick深爱的女人，捧在手心的女人。

后来C小姐听同事说，Dick当初想招一个会开车的人专门出去跑业务，没想到招了她进来，也没出去跑业务，大家依然要在严寒酷暑里出门奔波，不能做温室里的花朵。C小姐心说，我就知道，他一早就喜欢我。即使这样，她还是得意得忘了形，她查了他当天的通告，想去给他一个惊喜。

此时Dick正在上一档访谈节目。C小姐赶到现场的时候，主持人正在问Dick的感情问题。

很多女粉丝八卦你的感情状态，作为你的校友，我知道你很早就结婚了。

是的。

Dick说完这句话就看到了傻在原地的C小姐。可更让C

小姐不可思议的，是他竟然没有流露出半点愧疚或惊慌。是啊，上惯了直播的人，根本不知道什么叫作紧张。他竟然可以这么好地控制自己的情绪，她觉得他特别的陌生。

下了节目，或许是怕她失控，他径直离开了。她飞奔出去，堵在了他的车前，他停住了，她上了车，两个人一路无言。

他开到了他为她租的公寓。

C，你先上去，我晚上过来找你。

我们现在就把话说清楚。

我要赶去直播。

你今天要是去直播，我就把电话打到直播间。

Dick望着C小姐，你先静一静。

C小姐突然就爆发了，她疯狂地拍着车窗大叫。

我静什么？你让我怎么安静？你凭什么让我安静？

C小姐把车里所有能摧毁的能破坏的都摔打了一遍，Dick只是沉默。

这该死的沉默。

C小姐拽着Dick的衣服，想要抓他的脸。Dick用了力，让C小姐完全没法动。Dick弃车而去，把挥舞的C小姐留在车里，像个泼妇一样张牙舞爪。

C小姐一直哭，哭累了，就上楼洗了一把脸，接着哭。她收拾好所有的行李准备搬走，可惜平时把钱都花在了皮相上，竟然没有钱可以再去租房自给自足。更可怕的是，Dick是她的老板，她赌气走了，不但失恋，而且失业。可即使这样，也要骨气。

C小姐收拾好三大包衣服，坐在窗边等他来。即使他今天不来，他迟早要来。对于拥有金钱和名誉的人来说，这种事情败露，总是要畏惧一些的。Dick来了。他看上去很疲惫。

他一把搂过C小姐，被她倔强地推开。

我需要一个解释。

我以为你早就知道。咱们不闹了好吗？我能弥补的，我一直在努力。

所以你对我的好不是因为你爱我，是因为你要弥补我。是为了这不可告人的身份，还是你在包养我？

你不要说话这样咄咄逼人。如果你可以接受这样的我，那么我依然会对你好。如果你接受不了，我不再纠缠。

Dick这话说得漂亮，这样一来后面一切问题都抛给了

C小姐。

你拖着这几袋子东西，是要搬去哪儿？这里我租到了年底，你住下去就好了，我不会再来了。

Dick走了。

C小姐哑口无言。像吃了苍蝇一样恶心。这不是渣男才会说出来的话吗？可是渣男怎么可以这样温柔深情，怎么可以把一个人捧到天上再重重摔下？C小姐请了病假，她把自己关在房间里不吃不喝。她的顽强抵抗过了一个星期，Dick没有一条信息。对于一个有家庭有事业的男人来说，想要分散精力太容易了，但是她只有他，现如今跌落谷底，连个救命的路人都没有，这不公平。她没有做错任何事，为什么要人不人鬼不鬼地承受这一切。她打电话给他，约他见面。

见面前，她专门去做了美容，修剪了头发。这一次她为他妆容，不是为了吸引他，是为了勾引他。一个星期没见，她要更加活色生香，她以为她可以靠皮相和有趣让他在两个女人当中选择一个，虽然她的年龄逼近三十，但是她没有迈入婚姻就始终不会理解婚姻的真谛。

如果是贤妻，情人再妖艳有趣，男人也不会选择离婚。当小三容易，当小三是享受，除了名誉受损，其他的都是女人爱干的事儿，无非是变美吸引男人更持久的注意力。要想修炼成人妻就难了，有长辈的委屈，家事的繁杂，儿女的啼哭，还要保证不蓬头垢面，不妇人之仁。说白了天下女人没有当不了的小三，只有做不了的贤妻。

在C小姐的长期努力下，Dick依然没有离婚，只是定期来她这里交公粮，一切温存都变成了求来的，而不是浪漫的自然发生的。可是这种拧巴的扭曲的近似变态的爱却让C小姐享受到了快感，她也在这种僵持中慢慢接受了这个现实。她变本加厉地留Dick过夜，争宠，也会砸更多的钱在自己的脸上、身上。她要保持自己的新鲜，没有地位的女人总是更害怕失去。

有时同事在办公室讨论明星八卦，提到小三的字眼都会让C小姐万箭穿心，无地自容。她明明最恨的就是小三，夺走了她父母的和睦和她富裕的生活。但她又很清楚自己跟父亲的那个女人不一样。因为她是真的爱Dick，她并不想把自己变成廉价的小三，所以她从来不问Dick要钱。越是要划分得清楚，心里越莫名地委屈。这种日子并不好过，却也又蹉跎了三年。三年间，她与Dick分分合合，久了，她发现她对Dick的依赖已经超越了Dick对她的需求。

家里催她恋爱结婚。她恨自己在二十岁的尾巴遇到了Dick，起点太高了。她没有办法再找到这样一个令人瞩目又体面的男人。可是他再优秀，都不是自己的。她也下狠心离开了Dick的公司，找到了一个音乐老师的工作。父母年纪大了，自己不在他们身边，却也一事无成，好像应该回去，却又回不去。习惯了光彩的鸟，是关不住的。或许爱上他，是因为他站在她一直梦想的舞台上，或许是因为他给了她一直想要的温暖，但是她为这份爱付出的代价，又太沉重。

她已经过了想要跟Dick同归于尽殉情的那段时间，她就像一个隐形人，存在于这个男人的背后。Dick因为活跃到了台前，精力远不如从前，压力大得严重失眠，当然不如从前那样快乐。所以名望和金钱带给人的都是痛苦。她把自己定位成了他的私人心理医生。在他需要的时候给他温暖抚慰，他们在一起就像老夫老妻，很久都不做爱，甚至不交流，只是拥抱。

她不再关注他的节目，她觉得那些都太虚假了。所有人到了聚光灯下都是演员，展露出自己最美好的一面。谁会知道说出漂亮话的那个人有没有刷牙？隔着屏幕一切都是假的。直到她的一个学生家长，提议C小姐去参加一个歌手选秀大赛。

C小姐已经三十二岁，她早就放弃了要做歌手的念头，直到她偶然间听到家长说起主持人是Dick。她背着Dick报了名，她想跟Dick同台，她想让自己也站在聚光灯下，而不是一直做一个见不得人的，只能跟他分开走的女人。

报名处的姑娘年轻漂亮，一看就是大学刚毕业，充满青春荷尔蒙的味道，C小姐忍不住多看了她几眼。这种美是她再怎么坚持跑步瑜伽微整形都达不到的，小姑娘即使穿一件露脐装都火辣，而她露出马甲线也只能孤芳自赏。C小姐在一边填报名表，小姑娘正跟她的好姐妹发微信，言语间是一个男人正在跟她暧昧。她用AD做代号，以为C小姐听不懂，但是C小姐怎么会不懂，AD是Dick的微信名，而且是私人账号。C小姐一阵眩晕，她能接受他的情不自禁和迫不得已，却接受不了他全盘都是骗局。就像她曾经想的那样，如果他不是情场老手，那么他一定是动了真情。事实是她以为他动了真情，其实他不过是玩了套路。

她画掉了自己的名字，重新登记了一张报名表。她一定要参加这个比赛，她要站在他的面前。她说不清自己会做出什么举动，但是至少这一次，是真的不会再跟他有半点瓜葛。

C小姐顺利地通过了海选。她准备了一首没有瑕疵的曲子上台，那是当年老师专门辅导了一个学期的汇报歌曲。她没想到自己会以这种方式登台，前奏响起的时候，她流泪了，她眼前模糊不清，她忘记了自己身处何地。眼前是曾经排练这首歌时丁香花的味道，是老教授色眯眯的眼神，是她跟Dick的声嘶力竭，是她对自己的恼羞成怒。她没能报复Dick，因为她晕倒在了台上。

Dick跟节目组达成了共识，剪掉了她的出场。Dick在急诊室对她说的最后一句话是，当初你说你不会开车，我就应该让你走。

我该死吗？C小姐望着老板娘。如果做道德审判，我可以入地狱，他凭什么留下来祸害人间？

老板娘沉默了许久。如果他是一个恶徒，你肯定知道保护好自己。可是他是伪善的恶徒，给了你幻想和快乐，伴随着惨烈的疼痛。可是你也有着丑陋的贪婪的那一面，所以在那些你们苟且在一起的日子里，你们是般配的。你的生活里没有光，你不能借别人的光照亮自己的路。一旦别人收回了善意，你就会跌落万丈深渊。

老板娘在C小姐面前摆了三杯酒。第一杯酒，跟过去告别；第二杯酒，重新开始；第三杯酒，喝完向前走，莫回头。

C小姐，你是学音乐的，你一定知道C大调，C大调是最基础的音调，没有升降号，但并不耽误它成就悠扬的旋律。我们都是平凡的人，走在不平凡的路上。两王四个二甩出来的人生自然辉煌，但是能把一手烂牌捋成顺子打，也不失为一种智慧。你看那女人，或许早就知道你们的存在，只是她不愿意放弃自己的炸，忍受的痛苦不会比你少。而他，自然会付出他的代价。问题是，你已经是时候，跟过去告别了。

C小姐喝完这酒，人生奏响了新的篇章。

午夜飞行

周宇新是一名航线飞行员。在多数人眼里，飞行员这个职业体面且光鲜，高薪、美女，周游列国、处处留情。

中国有四万多名飞行员，周宇新处在这座金字塔的塔尖。因为他驾驶的是全世界最大的飞机Air Bus 380，全中国只有五架，真正有资格驾驶它的也刚刚就一百人出头。

Air Bus 380有一条固定的航线，CZ327和CZ328，往返于洛杉矶和广州之间。周宇新在这个航线上飞了三年有余，基本上一年当中三分之一的时间都在美国，而剩下的时间除了要飞夏季的悉尼，还要有两次去巴黎复训的时间。所以他一年能留在国内的时间不足一百天，这一百天除了倒时差、准备飞行任务，其他的时间他基本上都泡在孤岛酒馆里。

跟你想的不同，他不是为了在酒馆里撩妹子，他甚至很少与人交谈。因为高压和辐射，他即使是寸头也能零星看到白色发茬，皮肤因为常年日晒变成了地道的小麦色，粗糙却性感。他不善言谈，眼神却深邃，感觉他心里装着很多事，又似一个情深义重的男人。很多女顾客都对他着迷，尤其是从老客那里知道他的职业后，想象着他戴雷朋穿飞行员夹克的样子，当然多半都是参照吴镇宇和张智霖，然后尽可能地展开幻想，恨不得当天晚上就能跟他冲上云霄。

但是她们并不知道，周宇新喝酒，甚至是有一点酗酒的倾向。他通常都会有特制的鸡尾酒，因为知道他是心理性的贪酒，老板娘让调酒师把给他的酒精浓度调低，口感上却依然浓烈。如果不是因为飞行前有酒精测试和每年的例行体检，或许他的克制力不会这么强。其实中国人少有酒鬼，喝酒多是为了气氛和社交，但凡有酒鬼，不是贫困潦倒自暴自弃就是生活不尽如人意。很不幸，周宇新，算是后者。

周宇新的妻子叫禾苗，这是他们婚后第七年。很早的时候禾苗问过周宇新，咱们会不会七年之痒？周宇新说不会，因为我们真正在一起的时间也就两年有余。周宇新食言了。第七年，他没想过，怎么也跨不过去这个坎儿，尽管他们有了一个孩子，刚刚十三个月。

他跟禾苗无数次憧憬过有了孩子之后的生活，但是显然他判断失误，没有再比这更糟糕的生活了。孩子不分昼夜地吵闹，育儿嫂一年换了十个，丈母娘对哪个阿姨都不满意，禾苗对他冷暴力，从不关心他，也不跟他多说一言一语。

每一次他飞回来，丈母娘都会给他眼色看，跟小阿姨明里暗里指责他久不在家，孩子缺少父爱影响身心健康。他每次凑过去跟孩子亲近，小朋友都会因为认生而大哭，闹得全家鸡犬不宁。他从飞行箱里掏出给孩子买的衣服和玩具，买得不合适了丈母娘指责他乱花钱，买得合适了也要说上几句，诸如最好的父爱就是陪伴，不能用钱来弥补缺失的父爱。丈母娘是个女强人，一辈子在单位里都要说上几句，退休了也不甘示弱，本来是返聘回单位继续发光发热的，为了照顾外孙子才寄居在姑爷家里还要跟老伴儿分开两地，当然颇有微词。

而此时禾苗的冷漠常常让他不寒而栗，为了让自己短暂的逗留时间过得舒适，他一头扎进书房。原来书房里的椅子被他换成了能展开变成单人床的沙发。挂上窗帘不管白天黑夜，睡醒了就出门去酒馆，喝醉了再回到沙发上挺尸。

眼看着到了春节，大家纷纷请假，只有他主动要求出去飞。这个在全中国人看来都最重要的节日，对于他来讲，就是一班美国，年就过完了。广州的机组有个讲究，就是已婚的要给未婚的同事发红包。刚飞不多久的小姑娘在机组车上叽叽喳喳地问机长要红包，旁边一个机长说我是单身，小姑娘不依不饶地问周宇新，周宇新说，真抱歉，我也是。小姑娘怏怏而归。

起飞后，乘务长进来询问有什么需求，副驾驶说我想要一杯咖啡半奶半糖，咖啡要印尼的咖啡，奶要健康天然的豆奶，糖就随意一些，绵砂糖就可以了。乘务长微笑着说好的，请问机长有什么要求？周宇新头都没回，给我一大瓶矿泉水。

加两片柠檬吧。

好。

乘务长扭身走了。

周宇新问副驾驶，为什么故意刁难她?

副驾驶乐了，哥，说反了，我这不是为了刁难，是为了搭讪。典型的没事找事，没话找话，拖延在一起的时间长度，看似给对方使绊，其实是为了给对方解围。

周宇新在婚姻中困顿着，当然理解不了现在的男女市场。

副驾驶接着说，哥，刚才你看见她那双腿了吗，又直又长，真是一双好腿，在咱们公司也能数一数二了。

正说着，乘务长端着咖啡进来，跟副驾驶表示歉意，虽然尽力寻找，但是飞机上只有航食提供的咖啡，兑了一点脱脂牛奶半包砂糖。

副驾驶说如果不是你调制出来的咖啡，就算是猫屎咖啡我也不喝，但只要是你亲手做的，就算是猫屎我也喝。

乘务长莞尔一笑，把加了柠檬片的矿泉水递给周宇新。周宇新回身的时候不经意间扫到了她的腿，确实笔直修长，尽管穿着灰色的丝袜，却透出皮肤的光泽。周宇新下意识地看了她的脸，皮肤通透，两颊粉嫩，美得不招摇却生动，十分耐看。

机长？机长？

周宇新回过神来，你说什么？

副驾驶在一旁说，刚才我们在机组车上讨论要不要租一辆车一起去圣地亚哥玩玩，咱们也算一起过年的亲人了。中午可以去墨西哥吃一顿，弥补过年不吃饺子的遗憾。

对于这班美国，周宇新有自己的计划。这一季湖人对马刺的常规赛虽然大局已定，但是票价被炒得很高，因为科比即将退役，全世界的球迷都想亲临现场，看自己偶像在球场上最后的英姿。科比是周宇新中学时期就喜欢的球星，能够现场看科比比赛一直是他的梦想。尽管这几次比赛科比都因为脚伤没有上场，但是他想去碰碰运气。

我就不去了，你们去玩吧，注意安全，不要掉队。

那咱们去吧，尔迦子。

这时周宇新才看到乘务长的人名牌上，是这样一个特殊的名字。

你是少数民族吗？

满族。

副驾驶来了兴致，怪不得长得这么温婉大方，你这往上倒几代，也得是个亭亭玉立的格格吧?

尔迦子只是笑笑，说我这班也有安排，但是我可以帮你统计一下想去圣地亚哥的人数，说完就出了驾驶舱。

副驾驶意兴阑珊。

周宇新说，你刚才特别像一只开了屏的孔雀。

副驾驶嬉笑了一下，喝了一口咖啡，差点吐了出来，我靠，这真的就是猫屎吧!

到达洛杉矶已经是晚上八点多，出了海关还要坐四十分钟的车才能到市中心的Millennium Biltmore酒店。

Millennium Biltmore酒店1923年开业，在近一个世纪的时间里，接待了无数总统、政要和名流，室内建筑风格古典奢华，依稀能看到昔日的光彩。虽然这是一个地标建筑且曾经占据非常好的地理位置，但是市中心晚上的治安不好，很多黑人会聚集在附近街区，遇到喜欢带现金在身上的华人，或许就会走过来跟你问好，当然也不一定是劫财，也有可能是劫色。周宇新就曾经在一次晚归时被一个黑人妇女强行搭讪，那女人拖着巨乳追了他一个街区，让他至今想起这件事还心有余悸。所以如今的Millennium Biltmore，除了过夜的机组、商务人士，就是一些来取景拍戏的中国剧组，洛杉矶的奢华酒店不少，能拍出复古气质的也就非这里莫属了。

周宇新是西北人，在饮食上始终没有被同化，在洛杉矶退而求其次，可以不吃西北饭菜，但一定要是亚洲饭菜。洛杉矶的夜晚非常寂寞，九点之后店铺就陆续关门，因为机组成员是每班都更换的，所以如果有缘分遇到气氛融洽的队伍，大家会在到达酒店之后约好一起去韩国城吃一家叫作“姜虎东”的烤肉。这家店营业时间长，还常常需要等位，男男女女们借着等位的时间就熟络了，有时吃完饭还会到附近超市买些酒继续回酒店里喝。

在民航圈有这样一个说法，常年飞国际航线的，叫作“妻离子散班”，也有叫“家破人亡班”的。后者不太吉利，但是用极致的说辞证明了一件事，就是常年不在家，不是后院着火，就是前线出轨。

大家换了便装坐好，反而更能看出每个人的个性。尔迦子穿着白色的低领T恤，外面搭了一件浅驼色的长外套，露出修长的天鹅颈，不戴任何饰品，比身边那些一身时髦元素的姑娘们显得更加清新雅致。

副驾驶显然对尔迦子动了贪念，殷勤地帮着她烤肉。尔迦子说在飞机上服务你们是职责所在，下了飞机你们也不必拘礼。尔迦子不喝酒，她说自己酒精过敏，喝一口就全身起红色的疹子，脸要肿一个星期才会消，恐怕就飞不回去了。

周宇新也不喝酒，他很克制自己不在驻外期间碰酒精，主要是不想失态。他喜欢听大家高谈阔论或者闲谈胡扯，那是另外一个世界，他能看到自己的灵魂抽离自己的肉体，不用带脑子地坐在他们中间。大家笑，他跟着笑，尽管不用发自肺腑，但那是很难得的快乐的时间。众人皆醉后，周宇新和尔迦子担负起了把大家安全带回酒店的任务。

刚出饭店，新乘就吐了，扶着一辆大皮卡吐得稀里哗啦，尔迦子迅速掏出包里的湿巾来，把车身上的污物擦拭了。周宇新过来帮忙。

车主又不是飞机上的旅客，你还怕被投诉了？

总不能让老外找到借口说我们素质低吧。

这时副驾驶凑了过来："尔迦子，你说你飞这么多班LA，怎么没去好莱坞触电呢？"

尔迦子说我要是去拍电影了，你的半糖半奶咖啡谁来操心啊？

副驾驶想起那一股猫屎味，差点也跟着吐了。

周宇新觉得尔迦子有趣，并不像她看上去那么柔弱，反而有一股韧劲和小机灵，四两拨千斤的姿态。有时候男人想要征服世界，但是女人总是征服了男人，用的就是这股巧劲儿吧。

转天，大家包车去圣地亚哥的计划自然流产，基本上都睡到了中下午。

周宇新醒来在酒店简单吃了一口就走路去了旁边大名鼎鼎的Staples Center。听说今晚科比会上场，所以黄牛票一直到开场都不会落价，周宇新要买最前排的位子，可惜那人手里有两张连票，不单卖。周宇新又转了一圈，决定花两张票的钱买下那个位子，没想到尔迦子正在跟那人交涉。那人瞧见周宇新，招呼他过来，刚好一人一张。

没想到在这儿遇见你。你们女生喜欢看球吗？

女生向来看的不是球，是人，我喜欢科比。

周宇新跟尔迦子坐在座位上，周宇新有点局促，如果有机组同事看见，一定会认为他们是约好了一起来看球的。但是又有什么关系呢，看球而已。

他们如愿看到了科比，甚至还有幸跟刚刚出场的科比击了掌。两个人如同少年见到自己的偶像，难掩内心的兴奋，相拥了在一起。

那一晚，他们互相诉说着自己追看科比比赛的往事，尔迦子说科比高中毕业就进入NBA，经历丑闻后妻子小产，痛失一个孩子后又重新赢得妻子的信任，还要在全场的骂声中战胜自己，突出重围，再次获得大家的认可和尊重，实属不易。周宇新说连自己的青春都已不再，科比却依然征战在NBA的赛场上，所以想成为神话的人首先要活成一个神话。

周宇新发现自己已经好久没有与人畅谈，甚至觉得自己有些失了身份，怕自己错以为的神采奕奕其实在尔迦子看来是捉襟见肘。

周宇新躺在床上，辗转反侧，除了时差、见到偶像的兴奋，他没有办法总结此时内心的焦灼和忧虑。终于把天熬亮了，他发了一条朋友圈。

洛杉矶凌晨四点，饿醒在Staples球场附近的酒店，

那时我想起了科比最著名的那句话，洛杉矶凌晨四点的太阳，不炽烈却闪烁着迷人的光芒。没有人可以凭借天赋活成神话，如果说三十岁之前需要勤奋，三十岁之后就要用心战胜身体，艰难远超出常人想象。所以，不要谈偶像和巨星光环，科比就像是一个陪伴我们青春的引路人，总在暗淡星空下听到他来自灵魂的声音。有幸看了一场他退役前的比赛，有幸跟他在球场击掌留念，有幸带着他的签名画回到北京的家。今日看到一句话有些心酸：即使*NBA*再出现第二个优秀的你，我也再没有第二个青春去追了。不说再见，*Kobe*，*love u*，*when I become greater*。

尔迦子迅速回复了他。

我不想说他是我的偶像，因为偶像这个词被孩子们用得烂俗。或许他是我青春时期的信仰，是我目光所及之处一颗璀璨的指引黑暗之路的明星。

周宇新看到尔迦子并没有睡，或许也是这样辗转了一夜，他完全可以点开她的对话框跟她私信，或者约一起去楼下等自助早餐开门。但是他没有。

此时的周宇新，想起了禾苗。那时他刚刚飞这条航线，第一次带禾苗来LA，禾苗也是这样兴奋得一夜没睡。他说一会儿天亮了你就困得睁不开眼了，这是经验之谈。但是禾苗并没有，禾苗的眼睛比猫头鹰都亮，连着灌了三杯浓缩，外带两杯美式拿在手里，走到哪里都在啧啧感叹，原来老美的墨镜真的不是耍酷，加州的太阳真毒啊！禾苗是个直来直去的姑娘，即使英文并不流利，她都能跟老美聊上家常，比加州人民还热情洋溢。

周宇新最受不了禾苗的就是，她对吃从不挑剔，所以他之前准备带她去吃的网红餐厅全都成了泡影。禾苗说我好不容易来一趟，就是为了吃点热量带回去啊？酒店的餐食她吃得兴致勃勃，还跟服务员学会了几句口语，练得津津乐道。

别人的媳妇来了，都是空手而来，买几个新秀丽或者Rimowa箱子装满了带回去，但是购物也满足不了她。禾苗牵着周宇新的手去坐公交车和地铁，她说你看，这些乘客的眼神黯淡无光，其实不需要交谈，你就知道他们的生活遇到了难处，但是不影响他们下车时跟司机道谢。你看那些给流浪汉提供食物的人，都会选择在他看不到的地方悄悄放过去，让他即使经历贫穷，却保全尊严。你知道生活再艰难，也要感恩。困难总会过去的，所有的困难都是在考验你这一辈子能不能做好一个人和能不能做一个好人。

周宇新知道禾苗是一个善良的人，他自己说不出这样的话，甚至也不会去仔细观察这些事。他觉得他始终读不懂禾苗，她是那么容易感到快乐，却又那么容易伤感；她是那么世俗，却又不似那般肤浅。不过这一切都不重要了，那件事发生后，禾苗对他不闻不问，不理不睬，不再多言，甚至连一个笑脸都没再展露过。想到这里，周宇新打了一个激灵。

这一年多，他不想再回忆那件事。他拿酒精为自己买醉，口服褪黑素治疗失眠，戴着耳机入睡，好像融入了喧嚣和繁杂，就可以驱赶寂静带来的思考。

尔迦子发来信息问他要不要一起早餐，周宇新没有回复。接下来一天周宇新都错开吃饭的时间进出酒店，他在刻意回避尔迦子的热情示好。

回程的航班上，尔迦子像什么都没发生过一样地服务驾驶舱，副驾驶却收敛了调侃。周宇新以为是尔迦子在他朋友圈的回复，让副驾驶知道他俩一起看了球。直到回国后，他坐在家里无意中看到转播，才看见自己和尔迦子相拥的画面被导播切了一个大特写，全世界的观众都会看到，也包括正在电视机前的丈母娘和小阿姨。俩人面面相觑，目瞪口呆。丈母娘毕竟是见过世面的女人，一声没吭，命令小阿姨给孩子穿好衣服下楼去晒太阳。

这时尔迦子把他们俩相拥的截图发了过来，附言：没给你惹什么麻烦吧？

周宇新说，还好。

尔迦子又发来了她的排班表。

周宇新不明所以。

尔迦子说，下周悉尼见。

周宇新才看到俩人又排了同一个航班。他在犹豫要不要请掉这一班，本来春节无休，请假领导肯定会批的。但是如果被人八卦是为了避嫌，搞不好适得其反落实了八卦，还伤害了尔迦子的面子。

周宇新的顾虑也就维持了一个晚上，因为剩下的时间他都在孤岛酒馆里买醉。老板娘想，他们能维持长久友谊的重要原因，就是她从来都不愿意过多地八卦他的生活。他说她便听着，是非黑白以及真相这些，每个人都有自己的判断，其实究竟是怎么样的，并不重要。

悉尼正值夏季，换上夏装人都清爽一些。尔迦子约周宇新晚上一起吃饭。周宇新犹豫了一下，答应了。周宇新临行前想，如果你对我有意思，那么我回绝你，如果你对我没感觉，那么就当我多此一举。但是同事之间要有安全距离，毕竟我有家室有孩子，即使我摘掉了婚戒，但不代表我可以接受你。

这样有些视死如归的心，让周宇新的脸看起来有那么一点严肃冷峻，再加上他本来就很酷的长相，尔迦子问他是不是哪里不舒服。

周宇新说没有。

他们走在海边，像一对情侣。海边的大鸟肆无忌惮地垂涎路人手里的食物，就像是原始的冲动，让一切返璞归真，包括千疮百孔的心。

尔迦子说她听说附近有个赌场。

周宇新说我从来不赌。当你对赢没有兴致，赌博就失去了全部意义。

尔迦子说我喜欢赌，但是我愿赌服输。

尔迦子带着周宇新到了一家餐厅，点了一些海鲜，又从自己的包里拎出一瓶酒，请服务员开瓶。

你专门带了法国的贵腐白葡萄酒来？

是，总不能辜负了澳洲这么好的海鲜嘛！

周宇新知道，尔迦子跟禾苗完全是两个世界的人。这家餐厅的环境即使在悉尼也算是高端奢华的，这里开瓶费甚至比这瓶酒本身的价格还要高。尔迦子显然是追求生活品质的女人。其实周宇新也是，他一直不喜欢禾苗的节俭和算计，他不明白人为什么要穷游，不明白居家生活为什么要凑合，即使一年只去一次健身房但是他也要办一张昂贵的VIP卡，即使他一年只打一次高尔夫但是他要买最专业的球杆。他知道他买了很多用不上的东西，但是从购买到决定拥有这些东西的，其实是一个人的生活品质和品位。

尔迦子倒好了两杯酒。

周宇新说你不是酒精过敏吗？

尔迦子笑了，公事要公办，要点小聪明机长不会记仇吧？

别说那么严重，下了飞机大家都是朋友。

海鲜上得很慢，好像故意要给他们留足闲聊的时间。周宇新闻到尔迦子身上迷人的淡淡香水味。

你用的什么香水？

娇兰的“午夜飞行”。

《午夜飞行》？圣–埃克苏佩里？

是的。

虽然周宇新并不知道娇兰还出过这样一款香水，但是他对于圣–埃克苏佩里并不陌生，准确地说，其实人们都知道他的一本书，叫作《小王子》。这个从十二岁开始驾驶飞机，四十四岁于飞行中悄然失踪的王牌飞行员，写出了这个世上最柔软的故事《小王子》。只是很少有人知道，他还写过另外一本自传体小说《午夜飞行》，这里有他的个人生平，充满了不可思议的进取与冒险，同时也激起了娇兰调香师的创作激情。于是，就有了这款“午夜飞行”香水的诞生。

而《小王子》是周宇新最爱的一本书，正是因为儿时读到了这个浪漫的故事，他才决定考飞行员。

尔迦子说，我知道，你手上戴的手表就是为了纪念圣–埃克苏佩里而设计的飞行员纪念款。

周宇新点头，又调侃道，现在只剩下这些情怀，因为做了这一行之后发现，午夜飞行并不神秘也不浪漫。在太平洋上空，十几个小时的飞行，只剩下枯燥和寂寞，就算看到璀璨星光就算追着日出日落，这景色都不知道该跟谁分享。怪不得今天闻这个味道觉得陌生，哪会有乘务员愿意飞红眼航班，更不愿意延误到午夜还要飞行，这香水一定卖得很差。

尔迦子说，就是因为我干了这一行，我发现如果找的另外一半不能够理解你的职业和你的喜好，那将是一场灾难。你一定想不到我离过婚吧？

周宇新当然想不到，尔迦子看上去也就是二十五六的年纪，但是她能这么淡然地谈到自己的婚史确实让周宇新刮目相看。

我们不是闪婚，但是闪离。之前觉得彼此了解，相处多年，一起走过青葱岁月，结婚就是水到渠成。他家世很好，父母通情达理，待我也好，唯独一点，他同意我报考航空公司当一名乘务员，无非是为了满足男人的虚荣心。但是当我真正地成为一名乘务员后，全年无休，时差混乱，不能在所有需要我出现的场合陪他应酬。一开始他颇有微词，直到婚后一天，我刚从阿姆斯特丹回来，飞了一夜，回家累得不想说话，他坚持让我陪他去健身，还丢下一句，你不就是发餐发水，怎么就累得不行了，饭店的服务员哪个工作量不比你大？我决定离婚。一开始他以为我在闹情绪，但是我特别坚持，什么都不要，只要离婚。离婚那一天，他说，你再也不会找到比我更好的人了。

周宇新没有说话。他不知道该怎么评价，这样的事情在他们的圈子里屡屡发生，并不是个例。找了圈外人做家属，不被理解；找了圈内人做家属，聚少离多，连孩子都没人照顾。重点是，尔迦子为什么要跟他说这些琐事？

同事们都知道你的事？

尔迦子摇头。

那你为什么跟我说？

周宇新刚开口就后悔了，这像是一种暗示。好在这时服务员把海鲜上齐了。或许是为了避免尴尬，或许是因为周宇新高估了自己的克制能力，他没能跟尔迦子浪漫地吃完这顿大餐，而是在酒精的作用下，开始贪杯，最后烂醉在餐厅，是尔迦子叫来同事才把他送回了酒店。在这件事上孤岛的老板娘有责任，她一直没有告诉他给他调制的那杯酒真实的酒精浓度，让他误判了自己的酒量。

这件事给他造成的影响就是轰动了整个公司。因为他烂醉，无法执行第二天的航班任务，飞机上五百个旅客当然想不到他们的机长已经不省人事，公司责令当天刚刚抵达悉尼的机长在休息十二个小时之后马上替他把飞机飞回来，好在有惊无险。

但是尔迦子跟周宇新喝多的事情在公司传出了好几个版本，愈演愈烈，周宇新一不做二不休，直接申请休假回了家。正赶上丈母娘带着孩子回了老家，周宇新几次想推开卧室的门进去跟禾苗谈谈，都没有勇气。这时有人敲门，周宇新没想到尔迦子会找上门来。

咱们出去说吧。

周宇新带着尔迦子来了孤岛。看到这里是酒馆，尔迦子显然心有余悸。

我不喝，你说吧。

尔迦子说，给你带来困扰是我不应该。其实同事们议论纷纷，不知道咱们俩怎么回事，我来也就是想问问，咱们俩能不能有什么事？

你说什么？

都被人议论成这样了，没什么事不是亏了吗。

周宇新伸了一下胳膊，露出自己的那块表。他说迦子，上次我们聊到这款手表，这是我下了机长聘书那一天，我妻子禾苗送给我的。我知道我们最近在一起的时间有点多，甚至有一些巧合让你产生了错误的感觉和判断，但是对不起，我对你没有任何非分之想。

你之后，也不会对别人产生非分之想吗？

周宇新向老板娘投去求助的眼神。她知道他急需酒精的抚慰，于是让调酒师给他送了一杯过去，叮嘱他仅此一杯。

尔迦子说，有一天我在停机坪上看到你，你仰望着太阳的方向，但是转头的时候我看到帽檐下你的脸上挂满了泪水。那一刻，我特别心疼你，我不知道你经历了什么事，能让你那么痛苦，却又那么坚忍。后来我打听到了你的名字，知道了你的事情，我就主动申请跟你飞同一航班，但是你从来都没正眼看过我。禾苗她……

不要提！

可是这件事你始终不能回避。她已经走了，你不能装成她还在的样子自欺欺人，不管你曾经多爱她，但是我想她终究希望你在今后的日子里能好好地爱自己。

周宇新摇头，我最遗憾的事情，是她在的时候我没能好好爱她，她不在了我的心才会被折磨和践踏。有的时候我追着太阳飞，我就在想，每一次到美国，时间都会回到昨天。那么为什么没能给我一个机会，往前倒哪怕一天，让我回到她的身边，让我陪她走完最痛苦的时间。尔迦子，你很幸运，你只是有一些烦恼和生活琐事要处理，尽管你离过婚，但是上天没有剥夺你爱的能力。其实有很多人生是要背负伤痛生活的，你不要劝我放下，我觉得这很不道德。如果人生是为了更新和忘却，那么人类的情感就太苍白无力了。背负伤痛的人生，就是为了铭记。

尔迦子走了。老板娘其实很想告诉周宇新，专门为他调制的那杯酒，就叫作“Forget Her”。但是走到他身边的时候，关于那杯酒的名字，她只说出了一个单词：“Her”。

十三个月前，禾苗怀孕三十八周，在出门遛弯的时候羊水破了，被路人紧急送往医院。而周宇新正在回国的航班上，落地后他就正式开始休陪产假，迎接他跟禾苗的第一个孩子。他落地后接到家里打来的电话，禾苗失血过多在凌晨去世，为他留下一个七斤六两的男孩。或许是医学太过发达，很少有人认为怀孕生子还会出生命危险，但是禾苗就这样离开了他。

他们在一起七年，从他进公司后的第一个航班起，他都会给她发起落安妥和一句我爱你。他说，如果有一天我的航班出事了，至少我留给你的最后一句话，是我爱你。而他没想到他平安着陆了，她却因为怀了他的孩子而永远地离开了自己。查看他跟禾苗最后的聊天记录，他说，起飞了老婆，我爱你。

禾苗回复了一句，我也爱你。

他终于推开了卧室的门，那是禾苗走那天最后的模样。他失声痛哭，他说禾苗，我落地了，我爱你。

梦想中的上川岛

在人群中，做文艺工作的人群最容易辨别。不管室内室外都要戴副墨镜的伪素颜，演员没跑了。喜欢铆钉、机车、皮夹克的，八成是做音乐的。影视导演比较内敛，讲究一点的喜欢限量款，不修边幅的喜欢条纹衫配鬼冢虎，色调多是黑白蓝。但如果你发现一个人，在人群中特立独行，穿得综合了以上各个元素，非广告导演莫属。当然，并不是说广告导演一定如此。

老板娘第一次见到David，他喝醉了，烂醉如泥。文的花臂还没完全上好色彩，看上去有些尴尬。因为他很壮，两个青年都没能将他扶起，保险起见，他们守在他身边，一直到他彻底醒来，已经过去了十八个小时——他是在酒馆里睡眠时间最长，也是普通话讲得最差却非常健谈的人。

他醒来的时候非常抱歉，分别用微信和支付宝支付了酒钱，这让他显得有点窘迫。老板娘说给你打八折吧，他有些意外，说那你可以再给我一杯酒吗？

还喝？

他笑了，单侧的酒窝在这样一张粗犷又颓废的脸上显得极不和谐。

我想醒醒酒。

他坐在天台上晒太阳，眯缝着眼睛。对不起，他的眼睛本来就不大，或许他已经睁开了。四方脸，塌鼻梁，厚实的嘴唇有些发白，下巴上的小撮胡子一半已经泛白了，一颗硕大的黑色耳钉坠在耳垂上。

你是广告导演吗？

他有些惊讶地欠起了身子，你怎么知道？

因为你的穿着，和你的围巾配色，真的很……

老板娘在努力想一个礼貌的形容词。

樊欣……

老板娘脑补了很久，才知道他说的是fashion。是的，广告导演还喜欢蹦一些英文单词，这样才有feel。老板娘笑得前仰后合。

你一定有英文名字吧？

David。

David，想聊聊吗？

你有在做记录吗？

David原名叫甘大维，1976年出生在广东省的上川岛，那是一个小渔村。在成人之前，他没有离开过家乡。换句话说，他从来没有见识过外面的世界。

所以你真的要相信，环境可以改变一个人的观念，却无法决定一个人的想法。那个渔村的孩子们每天都在大海里嬉戏，跟着家长打鱼、贩鱼。大维在十七岁之前，也过着这样的生活，一猛子扎进海里，不知道在哪个浪后面冒出个尖来。

如果说他跟别人有什么不同，便是因为从小长得丑，性子烈，多半时间在做白日梦，而常常被母亲责骂，被同学嘲笑。那时候他不懂什么叫自卑，他只知道他异于常人，他想尽一切方式反抗，他知道他迟早会干出一件大事。

十七岁的生日过后，因为跟同学打赌，他赢来了一个国产二手随身听。或许是到了有心事的年纪，他开始喜欢坐在沙滩上发呆，循环播放张雨生的那首《我的未来不是梦》。声音劣质，却丝毫不影响他对未来的期许和想象力。这个貌不出众，皮肤晒得黝黑通红的少年，特别想看看外面的世界。上川岛外面的世界，或许才是真正属于他的地方。

大维决定用高考改变命运，这个文化课成绩只能考两百多分的莽撞少年，背着一个画板，奔波于全国各个高校设在广东的艺术类考点。他从没学过美术，只会画上川岛的那片海洋，照猫画虎的，竟然真的被北方一个城市的美院设计系录取。

虽然在20世纪90年代初，大家觉得艺术生没有含金量，但在那个质朴且封闭的渔村，只要是大学生就值得庆祝。他的父母拜祭了祖上，宴请了村民，坚信是祖坟保佑，才让这个又高又壮、又刚又倔的傻小子考上了大学。甘大维离开家的时候，说他干成了大事就回来。

甘大维就这样，一个人坐着绿皮火车奔赴北方。

而那个年代绿皮火车上必然要发生的故事，便是一个白衣裙女孩吸引了情窦初开的男孩的视线。这个故事，不可脱俗地发生在了大维身上。白衣裙女孩很清瘦，丹凤眼，一个红色的发卡把及腰的头发都别在了脑后。她端坐在座位上，双手自然地搭在裙子上，手指修长。女孩虽然算不上惊艳的漂亮，但是如果你有过哪怕一次的一见钟情，便会知道动情其实只是一秒钟的事，她便已经不可替代。

可惜那时的他，是一个没有偶像剧光环的男主——头发因为日晒而脱色发黄，身上有洗不掉的鱼腥味。他坐在女孩对面，想尽一切办法跟她搭讪，但是还没开口，便已经羞了几次红脸。

火车停靠在山东某站，女孩因为没有买到全程票，只能给新上来的旅客让位子。大维知道机会来了，他起身让女孩坐在自己的座位上，而他自己站在过道里，被来来往往的旅客推搡着躲来躲去。女孩说要不我们挤挤坐吧？大维笑着摇了摇头，为了让女孩坐得踏实，他双手插着兜晃悠到了餐车。

他拒绝了跟让他心动的姑娘坐在一起的机会，却在餐车的窗边盘算着怎样开口要一个联系地址。那是他第一次对女孩怦然心动，所有笨拙都显得满怀诚意。

他常常怀念那个年代，可以有那么悠长、吵闹又密闭的环境，跟自己喜欢的人共同度过一天一夜的时间，那是生命中特别的属于彼此的一天。现在到达一个地方太快了，出现在一个人眼前太容易了，反而降低了那种因为思念而产生的焦灼，痛苦少了，爱也不会深刻。

火车进站了，他想好的开场白，却淹没在了终点站的人流中——他跟丢了白衣姑娘。他多希望此时的自己在大海里，可以随便游到自己想去的方向，但是人群困住了他的手脚，这是少年第一次在城市中失去方向。

更让他沮丧的，是当他来到梦想中的美院，发现它只是城郊一个破旧的院落。一个乌托邦让他离开了大海，在很多年之后，他都不知道自己当初的决定是否正确。

他记不起自己的大学生活，因为那些日子浑浑噩噩，好像熬了很久才毕业。大学四年他都没有谈恋爱。他常常在大街小巷搜索白色的身影，虽然他知道自己这样非常愚蠢，因为那个白衣裙女孩不会永远穿白色。但是，冥冥之中，他坚信自己还会再见到她。他在日记里给她写信，在梦里她就像是自己的老朋友，不但没有因为时间流逝模糊掉她的长相，反而一次次更加清晰了轮廓。这是一种近乎荒唐的行为，他从来没有跟任何人提起过。但是他自己知道，白衣女孩是他全部的情感寄托。

马上毕业了，甘大维还没有找到工作。他的生活已经非常拮据，靠着在马路边登梯子画广告赚点零花钱。他对未来最明确的规划就是不能回上川岛，逐梦的少年没有回头路。

毕业舞会，有人提议办成假面主题，自己制作面具。这些设计系的学生，穷尽大学四年的全部精力和才华，比做毕业设计都用心。而甘大维突发奇想，从寝室里拿了一个拖把头罩在脑袋上，模仿迈克尔·杰克逊，隆重登场。自从甘大维突破了普通话的界限，同学们发现他欢脱了很多。这个举动点燃了现场，同学们沸腾了。甘大维忘我地舞动着并不和谐的身子，而整晚跟他一起跳舞的舞伴，竟是那白衣女孩。她摘下面具的刹那，让大维觉得这个喧闹的世界静止了，他只听得到自己的心跳。甘大维飞速地跑到男厕所，摘掉拖把头，用冷水冲洗着已经污浊的脸。

很高兴见到你，我叫甘大维。

甘大维终于在四年后，对他一见钟情的姑娘说出了这句话，而他的头发上还滴着水。

我叫雯雯。我们见过吗？

没有。

原来雯雯是另一所高校钢琴系的学生，她的母亲是浙江一所高中的音乐老师，父亲是教导主任。她在和谐民主的家庭氛围中长大，知书达理，气质高冷。因为刚刚失恋心情不好，被同学拽过来凑热闹，没想到被甘大维忘我的舞姿圈了粉。

甘大维请雯雯和她同学在校门口吃了一顿鱼。

甘大维的海鲜胃在陆地极不适应，吃海鲜在这里又是件奢侈的事。所以他靠着蔬菜和小咸鱼度过了四年时光，从一个又高又壮的少年变成了干瘦清贫的青年，皮肤也白了很多。他一直都没舍得花钱吃一次活鱼，但是为了雯雯，一切都值得。

你毕业之后有什么打算？

我要去北京。

去北京？

是啊，如果不能去更大的城市生活，我为什么要走出来。

甘大维琢磨着这句话，其实跟自己的想法有点像，一个是坚定地往前走，一个是坚定地不回头。

你呢？你找到工作了吗？

我也要去北京。

甘大维鬼使神差地说出这句话，揣着两百块钱便奔赴了北京。虽然前途一片黑暗，但是他心里却透着亮。这一次，他跟自己发誓，再也不会把雯雯搞丢了。

1999年的北京，还没有拆迁的暴发户，工体也还没有夜生活，做广告还是新兴产业。甘大维因为长相过于质朴，并不适合这样洋气的职业，所以在相当长的一段时间里，他奔波在各个公司面试，一包泡面要掰成三份吃。

贫穷，让甘大维降低了自己入行的标准，既然不能做设计，跑腿打杂也可以。在毛干爪净之前，他找到了一份实习的工作，一个月五百块钱。他在通县的村里租了一间屋子，一个月房租一百五。那个年代不兴错峰出行，他每天坐两个小时公交车去上班，八点便要到公司签到。那个年代也不兴跟老板讲人权，他常常加班到晚上八点，再赶着末班车返回村里。但即使是这样吃苦耐劳，三个月后，老板还是嫌他不够机灵，没有留下他。

而雯雯却顺利地找到了一份在高档酒店大堂弹琴的工作，每天傍晚开始工作四个小时，弹奏同样的曲目，一个月工资便有一千五百块钱。如果她愿意，再带几个学钢琴的学生，每个月都能拿到三千块。

雯雯在北京没什么朋友，约甘大维出来吃饭。饥肠辘辘的甘大维因为拮据，谎称自己吃过了，雯雯说没关系，你陪我吃。

雯雯点了一份宫保鸡丁，一碗米饭，一瓶可乐。

你真的不吃吗？

不吃。

甘大维已经在心里盘算好了价钱，这顿饭哪怕再多一碗米，他便要露怯。他那么迫切地想见到雯雯，却不记得雯雯在他面前说了什么，他只记得那一天，他的羞耻心已经战胜了饥饿。

与雯雯的差距让甘大维想尽办法寻求突破。或许是上天垂怜这个逐梦的青年，一个曾经因为工作关系留过联系方式的男人找到了他。

这男人是北京老炮儿，特别能聊，甘大维叫他牟哥。

牟哥找到他是为了演一出戏。因为甘大维会说粤语，又懂一些广告的皮毛，牟哥想让他演香港的导演，骗一笔广告的定金。

君子爱财，取之有道。

甘大维坚决不答应，但是牟哥不急不躁，因为他知道一个连饭都吃不上的人是没资格谈底线的。

有理想的青年都不会答应，哥哥理解。这涮羊肉你得会涮，七上八下，早一会儿没熟，晚一会儿就老了，凡事啊，火候最重要。来，尝尝。

甘大维狼吞虎咽地跟着牟哥在牛街吃老北京的铜火锅，牟哥涮着涮着就把他涮进去了。

我跟你说啊，这不叫骗，这叫包装。你为什么被你们公司开除了啊？太实在了。实在人没好命，我前几年比你还实在呢。我家从我爷爷那辈就住在二环里，正儿八经的北京人。赶上西单那一片儿拆迁，我响应号召，老老实实搬到了西五环八宝山。后来才知道，就我们家那面积，能换两套房。实在不想搬的，直接拿了拆迁款，在三元桥买个二居室绰绰有余。都说傻人有傻福，那是傻子说给傻子听的！哎我说话快，你能听懂吗？

甘大维点了点头。两盘肉已经见了底，还没顾上蘸蘸料。

牟哥接茬儿涮他——我家里上有老下有小，伤天害理的事不干，违法犯罪的事咱也不能碰。咱缺钱，但是绝对不缺德。这就像现在的港台歌星，唱歌都好听吗？不重要，小脸长得好看，假唱人家也愿意听，这就是行业里的潜规则。所以你去陪哥哥参加个饭局，演好一个导演，咱们合同一签，首付款一打，你就是一个导演了。弟弟，你想当导演吗？

甘大维被牟哥这一问，茫然了。他学设计出身，从来没想过自己可以当导演。这个高高在上的词，突然间，就在这热气腾腾的桌子上，砸了下来，让他措手不及。

牟哥看见了点效果，赶紧猛攻。大维啊，我这么跟你说吧，现在大陆没几个人会拍广告，要不他们怎么想请香港导演呢，这不是港片流行嘛！其实也都是跟着国外学，照猫画虎。照猫画虎你懂吧？

甘大维太懂了，他就是照猫画虎上的大学。

牟哥，导演能赚多少钱?

牟哥乐了，你猜猜能赚多少钱?

甘大维壮着胆，吐了口，一万?

哟，小伙子还挺懂行。不过这一万是你给人家拍完了，人家满意才给你。就一个定金，最多给你两千。怎么样，干不干?

甘大维抿了一口牛栏山，干!

说干就干，牟哥在燕莎给甘大维置了一身行头，印了镶金的名片。临行前千叮咛万嘱咐，回答不出来的问题就讲鸟语，反正没人听得懂。还有，千万别说自己叫甘大维，以后你就叫David。

等下牟哥……

牟哥以为他要打退堂鼓，你可千万别这时候给我掉链子啊!

我没有，我只是想知道，他们是什么企业?

哈哈哈，我没跟你说吗?他们是做膨化食品的，专门骗小孩子的钱。

甲方选了一家高档的酒店招待专程从香港飞来的

“大导演”David。

David看见了大堂里正在弹奏的雯雯，他跟自己说，一会儿事儿谈成了，一定要挺直了腰板请雯雯吃顿饭。

David跟着牟哥进了包间，过程比他想象的要顺利。那时候香港人在大陆人心中还是有一定的分量，再加上牟哥的嘴皮子渲染，满场飞着敬酒，David一整晚只谈了一些粗浅的常识。毕竟客户不是专业的，听到牟哥说David跟王晶和曾志伟是拜把子兄弟，就已经妥妥地相信了David的实力，当然也得益于他自来旧的长相。一个广告大单，就这样草率地，签订了。

David邀请雯雯去吃鱼。

雯雯说，你两次请我吃饭都是吃鱼，你是觉得我爱吃鱼？

是我爱吃鱼。

离开上川岛五年了，David终于敢这样放肆地吃自己喜欢的食物。很多孩子不能够理解，好吃哭了是怎样一种情绪。只有遏制过自己食欲本能的人才能够理解，贫穷限制了人们对富人生活的想象，富有也限制了很多人对贫穷的理解。

David想把他认为最好的一切给雯雯，他正在为此而努力奋斗着。他小心翼翼地跟雯雯保持着一种安全距离，他不愿意逾越。或许是因为从第一次见到雯雯就升起的自卑心，他希望在他变成最好的自己时，再跟雯雯袒露心声。

David感激那个互联网没有普及的时代，让他的身份得以隐藏，甚至跟王晶和曾志伟齐肩。但同样因为那个信息并不发达的年代，想要从一个不专业的广告设计照猫画虎成广告导演比登天还难。

他要给客户出方案画分镜，可是没有模板。

方案怎么写？分镜是什么？

牟哥拿了定金，便不再热衷于跟他探讨这些问题。谁会真的指望一个刚毕业的毛头小子、一个在广告公司都不受待见的实习生能拍出广告？如果广告这么好拍的话，人人都可以当导演了。

甘大维每天泡在西单图书馆里，现学现画。半个月过去了，他弄明白一件事。他联系了牟哥，要求马上见一面。

这一次，牟哥请他吃了碗炸酱面。

兄弟，哥哥跟你说实话，这事你做不了。你要是真把这事干了，这才是一个雷。到时候咱们俩都吃不了兜着走。

牟哥，我找你就是为了这事。我捋清楚了拍广告的全部流程，我拍不了广告。

这就对咯，聪明孩子，比我想象中机灵多了。赶紧吃面。

牟哥，我只是说我拍不了，但是我觉得我还是可以做导演。

你什么意思啊？

如果我的方案通过了，拍摄能给我多少预算？

兄弟，哥哥今天跟你说实话。我原来在商场是跑采购的，手里有点资源。咱们就装香港导演，还能再圈拢几家，把定金赚来就完了。其他的钱不是咱碗里的，就别惦记，你问我拍摄的事儿，我都没见过拍广告我怎么跟你说啊！

那你先把我的方案给甲方，看他们给多少预算。

你别油盐不进啊，我说半天你还听不明白是吧！赶紧吃，吃完回家！

你要是不给甲方，我就自己去查黄页，给他们厂打电话！

牟哥瞪着眼睛，在这么犟的小伙子面前，败下了阵来。

或许是基于对香港导演的信任，一个并不起眼的广告草案，很快就通过了。牟哥拿到了二十万的拍摄费用，但是他告诉甘大维只有十五万。甘大维找到原来的同事，要了当时业内一位摄影大咖的电话。

甘大维简单直接地跟摄影师说，我给你五万劳务费，能拍吗？

没时间。

我给你十五万，你把这活儿包了，行吗？

哪儿见？

甘大维直到今天都特别庆幸当年自己没耍小聪明。一般人都会像牟哥那样，自己抽掉五万，再十万块包给一个导演。但这个四六不懂的小伙子，因为对专业的敬畏心，将全部的预算给了当时北京最贵的摄影师，拍了一条过关的广告片，自己却白忙活了一场。

雯雯在电视上看到了广告片。

没想到你还挺有才，能做导演。

我就是在现场演一个导演。

这么说你还会演戏？

甘大维腼腆地笑了，露出单侧的酒窝。

跟我合租的女孩走了，还剩下一间屋子，你要不要搬过来住？

不了……不了吧。

大维，其实我一直觉得你是个很怪的人。很难让人猜到你脑子里在想什么。

我？我想干一件大事。

这个时候在甘大维心里，最大的事就是可以娶到雯雯。甘大维对于男女情感的全部体验都来自跟雯雯这段轧马路的日子。几次两个人挨得近了，他甚至不敢再进一步去牵她的手，所以他更不敢跟她一起住，他猜不到雯雯的心思。但是至少雯雯不讨厌他，他认为，这就是一个美好的开始。

嗅到商机的牟哥很快就联系了下一个广告拍摄，能赚大头谁还看得上定金。在牟哥的努力下，甘大维打开了广告导演的大门。甘大维学起了导演的派头，特别享受在片场一人独大的快感。

他跟牟哥之间的相处模式也在渐渐转变，毕竟他成了牟哥的摇钱树，牟哥得哄着他哈着他。而甘大维有了经验，知道了拍摄的成本和预算，对于背地里总要黑他一笔的牟哥，他正准备甩掉。

这次拍摄结束后，牟哥清了场。因为最后一个镜头是在宾馆里取景，牟哥直接给甘大维安排了个姑娘。

姑娘长得美，生扑了他。甘大维被姑娘压在下面，好半天没缓过来。等到姑娘开始脱他裤子的时候，甘大维才意识到这件事的严重性，狠狠地推开了姑娘，仓皇逃跑。

没办事，可不能给钱。牟哥跟姑娘也要耍无赖。

姑娘不依不饶，牟哥不想亏了，自己办了事。

这件事让牟哥犯了嘀咕，这小子是铁了心地要跟我散伙儿。牟哥为了留住他，只能再想别的办法。

仓皇逃跑的甘大维叫了辆出租车直奔亮马桥，他要找雯雯表白。刚才被那个姑娘拥吻的时候，他满脑子都是雯雯。如果不是因为他心里刻着雯雯，一个男人的本能，怎么也不会推开投怀送抱的美人。

敲了好久的门，里面都没有动静。

就在他想走的时候，里面有人问了一句，谁啊？

雯雯开了门，看到甘大维有些慌乱，都没顾得上请他进门。

雯雯，其实我们俩在毕业舞会上不是第一次见面，我们俩在很多年前，在一辆绿皮火车上就见过，我还给你让了座……

你来找我，就是为了说这个？

不是，我是想说，后来很长一段时间里我都在找你。我找你，是因为……是因为我喜欢你，你愿意做我女朋友吗？

雯雯显然受了惊吓，呆呆地看着甘大维。

甘大维不知道接下来该说点什么，他的脑子在飞速运转。

这时，屋里传来了马桶冲水的声音。一个男人踢踢踏踏地趿拉着拖鞋，走到雯雯身边。

谁啊？

我朋友。

甘大维才注意到雯雯身上穿的是一件男生的T恤，而那个男人裸着上半身。

他的眼前一黑，踉踉跄跄地跑下了楼梯。

他没有任何立场可以指责雯雯有了男朋友没告知自己，他们最多只是普通朋友。他对雯雯的了解更多停留在他自己的想象里。

甘大维第一次学会了借酒消愁，那一晚，他喝光了牟哥家里所有的酒。醒来的时候，只觉得脑袋昏昏沉沉，牟哥说他睡了一天一夜。

对不起，牟哥，我得走了。

等一下，兄弟，我有话要跟你说。你还记得你来找我吧？

嗯，记得。

那你从哪儿开始断片的，我帮你捋捋。

喝了酒，就不记得了。做了很多梦，我现在脑子很乱，身子也沉。我得回家了。

兄弟，你睡了我妹妹，我不能放你走。

甘大维的头“嗡”一下，他以为牟哥又在跟他耍心眼。但是他的梦里确实有个女人，他还以为那是春梦，难道都是真的？

是真的。我妹妹大闺女一个，因为我说你是导演，叫过来陪你喝酒，结果你酒后跟人家表白，没羞没臊的。没多会儿，你俩就亲上了。

那你为什么不拦着我？

哎哟呵，你这怎么说话的，你都管我叫大舅哥了，我不得成人之美？

甘大维只知道牟哥老奸巨猾，没想到他这么龌龊，用自己妹妹来敲诈，腾地起身要走。

推开门，他妹妹就坐在外面，是个特别质朴、干净耐看的姑娘。甘大维开始怀疑自己是不是干了禽兽的事，一时心软了。

对不起。

这话刚一脱口，小牟姑娘就哭了，她心里明白了八九不离十。

你走吧。

甘大维走也不是，留也不是。

我喝多了，都不记得了……

别说了，走。

甘大维浑浑噩噩地晃荡在大马路上，他在一天一夜之间，失去了自己心爱的姑娘，稀里糊涂地失去了自己的第一次。他根本不适合在这里生存。城市太嘈杂了，人心太险恶了，他更喜欢他的上川岛。欺负你就是欺负你，喜欢你就是喜欢你。遇到再大的困难，一猛子扎进大海，便什么都忘了。

一个星期后，雯雯主动找到了甘大维。

我们谈谈吧。你在我家里看到的是我前男友。毕业舞会那天，我们刚刚分手，因为他不愿意跟我来北京。但是现在他想通了，他说他不能没有我。他从同学那儿知道了我的住址，来找我，在我楼下蹲守了几天，我心软了，我们复合了。

雯雯，你不用跟我解释。甘大维已经被刺激到麻木了。

我认为我有必要跟你解释。

没这个必要了。

你不是说你喜欢我吗？

别当真。

大维，我们别这样。我让他搬走了。我发现，我跟他已经回不去了，因为有了你。

雯雯坐到甘大维身边，抓过来他的手。

我们别互相折磨了，好吗？

甘大维心酸极了。

他们就这样牵着手，一直没有放开过。

你别回那里住了，我心里不舒服。

好，我去你家里住。

雯雯跟着甘大维回了家。甘大维刚开了灯，就被雯雯关掉了。

月色中，甘大维亲吻了雯雯，褪去了她的衣服。但是甘大维的脑海中全是那个男人的身影。他突然停止了亲热的动作。

你要不要喝点酒？

好。

甘大维猛灌了两听啤酒，雯雯以为他是因为羞涩，想给自己壮胆。

你是第一次吗？

甘大维因为这个问题而恼火。所以，他以猛烈的、粗暴的方式反扑，像一只凶恶的猛兽，进入了雯雯的身体。

那一夜，他把雯雯折磨得筋疲力尽，沉沉睡去。但是他没有获得任何快感。黑暗中，他哭了。他在惩罚自己。雯雯跟别人上床这件事让甘大维觉得感情的事特别肮脏。而最让他难过的是，被他像仙女一样供奉了多年的雯雯，原来在床上是一个荡妇。他不能想象，她跟别的男人上床时也是这样主动，他不能想象，他跟别的男人共用了她。换作任何人都可以，雯雯不行。

他就像个渣男一样，第二天雯雯醒来的时候，他走了。再也联系不上。

小牟姑娘怀孕了。牟哥这次真急了，他拎着甘大维的脖领子，扬言如果他不负责就找人废了他。没想到甘大维特别痛快，说那就结婚吧。

他娶了自己只见过一面的姑娘。结婚后，他把赚来的钱都如数上交。小牟姑娘很快就成了全职家庭主妇，在妻子眼里，他是个负责任的丈夫，孩子呱呱坠地，他也有了几个稳定合作的甲方，大概能保证每年的收入，让家人吃穿不愁。

牟哥自打跟甘大维成了一家人，也是尽心尽力在维护他，帮他拉关系。

像他这种没有在大广告公司积累过资源和人脉的导演，能自己在社会上蹚出这个成绩，也真的要感谢牟哥的三寸不烂之舌。

他跟牟哥说，下一次拍广告，想回上川岛取景。

牟哥说，没问题。

村里的人都没见过拍广告，围了很多人，看见甘大维坐在监视器后面，拿着对讲机，威风凛凛。

甘大维以为自己终于成了干大事的人。

牟哥看到了甘大维从小生活的环境，酒过三巡，跟妹夫掏心掏肺。

要不是你拒绝了宾馆里的那个姑娘，我还真不放心把自己的妹妹交给你。

牟哥，你有梦想吗？

有啊，赚钱。

赚钱为什么？

换个大点的房子。

换了房子之后的梦想呢？

再赚钱，换一辆更好的车。

再之后呢？

换别墅，换跑车。有钱还愁没处花去？

甘大维坐在少年时经常发呆的那片海滩上，沉默不语。

那你赚钱为了什么啊？

小时候，我经常被人欺负。我就躲到这里，幻想这里有一栋房子，我藏在里面，谁都找不到我。我每天只需要躺在里面，做美梦。

哈哈哈，那你可真是做美梦。

甘大维常常出差。在陌生的城市里，他常常感到无边无际的绝望。这种感觉他没有跟任何人提起过，就像他没有试图跟任何人聊起过雯雯。就像当年他努力扮演好一个导演便有了今天不愁吃喝的生活，他现在努力扮演好一个父亲和丈夫的角色，便会有一个和睦幸福的家庭。

他始终都在照猫画虎地生活着，宴请宾朋，结识新的朋友，推杯换盏，诉说梦想。一定要像大多数广告导演的梦想一样，他也要导一部长片，是一个关于上川岛的故事。一定要像日本电影那样，情感克制，表达细腻，主题深刻。

这些不过是给人设增加砝码的台词，是用在社交场合上的谈资。意思就是，我是要干大事的人，完成眼下这点广告的小活儿，根本不在话下。

这几年，他的白日梦越来越少，他的白头发越来越多。雯雯，这两个字哪怕在他的脑海中闪现一下，他都像被针刺穿了神经一样，下意识地回避开。

但始终没有避开。他的大学同学出了车祸，在葬礼上，他看见了雯雯。所有的记忆都穿越回那个纯真的年代。他自卑又自负地深爱着这个姑娘。他宁愿娶一个陌生人为妻，也要惩罚他深爱的雯雯。

你别躲着我了。

雯雯站在男卫生间门口，甘大维不得不现身。眼前的雯雯梳着利落的短发，虽然只是一件简单的黑色大衣，但是因为露出了修长的脖子，显得特别高贵性感。

为什么不辞而别?

对不起。

我专程从澳洲回来，不是想听你道歉，我想听解释。

甘大维长吁了一口气。从何说起呢，在雯雯面前，他将永远是那个拎着裤子仓皇逃跑的小丑。

甘大维，你侮辱了我。你知不知道你消失的那段时间里，我想过很多种可能，然后我又一一排除，只剩下一个，你睡完我，甩了我，你是个禽兽不如的人。

这样听起来，的确是。所以你不应该问一个禽兽要解释。

但是我不愿意相信，你喜欢我那么多年，只是为了睡我。

雯雯，别纠结了，不重要了。

重要，因为我就要结婚了。

雯雯还没有结婚。甘大维心头一颤，随之一沉。雯雯并不知道自己已经结了婚，孩子都快上小学了。他的罪恶感让他脱口而出，祝你幸福。

你混蛋！

甘大维是个混蛋，他不该在这个时刻追出去，这样雯雯就不会哭倒在他的怀里。如果不是雯雯像一只受伤的小猫一样缩在他的怀里，他或许永远都不会直面自己现在的生活。

他安顿好了雯雯，允诺她回国这几天带她四处转转。他给家里打了电话，说老同学要在一起聚上两日，妻子爽快地答应了。

甘大维无处可去。他们能去哪儿呢，参观名胜古迹，看电影还是夹娃娃？这些低幼的事情是年轻人的专利，以他此时的心态，他只想跟雯雯聊聊天，聊聊这些年的生活。

他叫了一辆车，在城郊的度假村包了一个套房。他曾经在这里拍过广告，可以泡温泉，喝红酒，阳光很好，私密性也很好。

或许是因为综上几点，这个地方成了跟情人约会的绝佳去处，去过的都说好。于是，甘大维跟牟哥不期而遇了。甘大维的身边站着雯雯，牟哥的身边站的也不是自己老婆。

咱俩谁都没资格说谁。但是有一点，我问你，你们俩认识多久了？

牟哥跟甘大维约在泳池边摊牌。

我们认识十来年了。

牟哥一听到这儿，急了。我一直以为你是老实人，原来背着我妹妹外面还有这么一腿呢？

娶你妹妹之前我们就认识。她刚回国，过两天就走。

叙叙旧？

嗯。

过去有一腿吧？

比这严重，我们之间有感情。

甘大维一猛子扎进泳池，这个曾经逐梦的少年，没有了梦，就像脱离了海水的鱼。他一直想要到外面的世界干一件大事，却在这里把自己都丢了。

他给雯雯写了很长一封信，对自己再次不辞而别感到抱歉和羞愧。

他告诉雯雯，因为自己的痴情曾经打动了自己，所以他以为他就可以站在道德制高点上惩罚她。是他的不成熟造成了今天两败俱伤的局面。但是他不知道该怎样弥补，时间和情感一样，时过境迁，一去不复返。只有祝福她，不要嫁给一个禽兽不如的男人，至少穿件衣服，哪怕是衣冠禽兽也好。

他第一次跟妻子彻夜长谈。

我想回上川岛生活一阵子。或许是几个月，或是几年，也有可能不再回来。

出什么事了吗？

甘大维说，从小，我就想要干一件大事，我折腾了这么久，发现我最想干的大事，在小时候就想好了。我要在岛上盖一栋房子。

那我跟孩子呢?

如果你愿意，就跟我走。

我们跟你走。

甘大维一直以为妻子是弱不禁风的小女人，没想到她遇见事比自己干脆利落。

甘大维设计了图纸，找了装修队来施工，建一栋五层的民宿。这个庞大的工程因为资金断断续续，已经耗时了两年。渔民们从一开始津津乐道，到后来已经没了讨论兴致。甘大维一度陷入了经济危机，却依然乐此不疲。他说等到完工那一天，他一定要亲手挂上民宿的名字。

民宿叫什么名字？老板娘迫切地问。

David笑了，我还没想好。老板娘，你是个爱做梦的人吗?

我？曾经是吧。

不管到什么时候，都不能放弃做梦的权利。人生没有梦，便太无趣了。谢谢你的酒，我醒了很多。

David起身伸了个懒腰，老板娘叫来服务生。

刚才给客人调的这杯酒叫什么名字？

“白日梦”。

David，你觉得这个名字怎么样？

他大笑，我要继续上路了，为了我的“白日梦”……

后　序

我常跟朋友们说我是个内向的人，小时候差点因为性格问题被老师退学。大家听了，总是哄笑一团。时间久了，这便成了一个笑话。事实证明，我终于活成了一个热闹的人。害怕冷场而不断抛出新的话题，也学会了察言观色和恭维奉承，越来越多的人跟我一见如故，为此我收获了很多朋友。

两年前，一寒和虎子跟我围坐在家楼下的咖啡厅，我们在策划一本书。他们问我有没有什么想写的主题，我说我想写孤独。虽然活得热闹，甚至有些聒噪，但是不可避免的，还是孤独。那种孤独感来自结束了一天工作后的茫然，来自聚会后的空虚，来自微醺后的失落，来自自我否定的审判……其实，每个人的内心都是一道孤独的深渊。人们拼命狂欢的背后，也不过是为了掩饰生命里巨大的空洞。

我喜欢《时时刻刻》，也喜欢《迷失东京》。所有的故事都逃不开爱情和生死，其实，也从未逃开孤独。

我相信一座城市赋予人们多少光芒，就需要人们扛下多少黑暗，它给你希望，也会让你绝望。七个故事的主人公就像是我们生命中的过客，来去匆匆，甚至来不及留下姓名就淹没在这个城市中。他们，是倚靠在地铁扶杆上疲惫奔波的上班族，是停车在十字路口等信号灯的中产创业老板，是坐在计程车里听老歌思绪万千的自由职业者，也是每天为家人付出全部心血却不被认可的家庭主妇……这些形形色色的人们在光怪陆离的城市里经历着生老病死，爱无能，在这个急剧变幻的年代，充满了不安全感。他们努力工作，抑或放弃爱情、背叛婚姻，甚至违背信念，不过都是在寻找一种归属感和存在感。他们，或许就是别人眼中的自己，想为自己的心灵找一个出口，却发现人生来本就孤独，渐渐地成了迷失在这个城市里的木头人。

每个人生命中都会有这么一段时期。无论你怎么逃避，时间总会穿透你。都市里的生活摇摇欲坠，让人时常无法照顾到内心巨大而荒凉的孤独感。这种孤独感让人恐惧甚至迷失——当你想得到的一切都需要你拿最为珍贵的东西去换取，你不得不在异乡扮演一个连自己都不熟悉的社会角色，却又无法再回到自己的故乡，被迫在夹层中做一株没有根的浮萍。当夜幕降临，灵魂需要释放的时候，酒精成了夜晚的麻醉剂。几个故事的交集就在一个贩卖孤独的酒馆里。这里的酒可以暖胃，也可以滋润人生。酒馆的老板会给每个客人提供一个夜晚的归宿，一个心灵的暖房，可以让他们卸下面具，做真实的自己。人们在这里纵情，也在这里暴露人性，即使宿醉狂欢，内心却更加清醒。正所谓盛宴之后泪流满面，散场永远是有限温存，无限辛酸。狂欢后的空虚，使每个人都成了一无所有的孩子，让他们在迷失后回到本真的原点——即使经历痛苦和磨难，失去和成长都是并存的，你为成长付出的惨痛代价，便是时光教会你的深刻领悟。我们在故事里看到自己，也看到了人生，为了让余下的生命丰盈精彩，只有重拾勇气在路上修行……

巩　雪